二魚文化

臺灣詩選

The Best Taiwanese Poetry,
2014

主編／陳義芝

編輯委員／白靈、向陽、焦桐、蕭蕭

CONTENTS

2014臺灣「年度詩獎」讚辭

陳義芝

　　2014年林婉瑜出版純粹的情詩集《那些閃電指向你》，以七十五種方法的創造，剖白愛、見證愛、詮釋愛，深入宿世緣會、幽藐難名的境地，語言自然，語法真切，看似輕易拈來，卻是精心尋索的戲劇化思想。在內涵上，她為愛情建築了一座美學的城堡；在表現上，以口語提煉詩意，穿越溝通屏障，特具靈視。

年度詩選編輯委員會

2014臺灣「年度詩獎」得獎感言
相信詩的力量

林婉瑜

　　近年偶有評審的機會，閱讀參賽作品，經常讀出創作者對詩的既定想像，以為詩即是某種固定的模樣，當創作者對創意沒信心時，會盡力模擬詩的形式和外觀，至今愈漸清楚，最重要的不是形式或外觀而是自己，觀看自己的獨特之處，察覺想法的特別之處、動人之處、力量所在，用節制準確的文字表達，那就會是詩意發生的地方，詩意存在之處才是詩的存在，不希望寫出徒有形式而無詩意的文字。我珍視某種細膩的情感方式，那不是激越的吶喊，卻也不是服貼的順從，想用一種舉重若輕的說法去彰顯存在；我更重視的是，這樣的情感方式不只用來觀看女性的題材，曾寫過語詞的後設思考、都市、時間、愛情、親情、孩子、身體、生死……等不同主題，希望能以柔和強韌的眼光對外觀看整個世界。詩常以錯置的方式達到陌生化的效果，在自己的詩裡我較常看到的是情境、時空或情節的錯置；每個詩人都有自己獨特的思索題材的方式，在這部分，故事和對話是我偏好的。

　　52歲就過世的母親，在她病逝前曾憂慮看著我在稿紙上的書寫，她覺得那些邏輯不正確真意難明的長短文句是我精神混亂的徵兆。這麼孤獨而堅持的寫了20年，這份孤獨的堅持，完成的是一種艱難罕有

的價值，當我離開凡常日子低頭閱讀他人的詩、自己的詩，總感覺像看見絲絲點點金沙，埋藏在意識的海岸爍爍發光。創作途中認識精彩的前輩詩人、同輩詩人、作家朋友，則是寫詩以外最重要的收穫。

也許母親代表的是那個要求有效、明確、有用的現實世界；而我所做的，是寫一首又一首的詩去擴充這個她陌生的精神的務虛的心理世界。我想讓她知道詩亦是有效、明確、有用的，當我藉著詩更好的活到了現在，從20歲懵然哀傷無措的少女，成為現在冷靜的韌性的更知道生命為何的我──雖然她早已看不到，但我想她應該都知道了，應該願意相信這個寫詩的女兒，相信詩的力量。

詩心是素養
一個詩選主編的觀省手記
——《2014臺灣詩選》編選序

陳義芝

九十四家

　　這本詩選收錄九十四位詩人的詩，前行代與中生代的不少，新生代也搶攻踴躍。首度入選的新人有：陳柏伶、李辰翰、詹佳鑫、P.F.、郭哲佑、蔡琳森、陳顯仁、黃岡、邱懋景、林姿伶、陳祐禎、潘秉旻、湖南蟲共十三位，接近七分之一的比例，實踐了「讓位」給年輕人的歷史法則。然而文學千秋不是讓出來的，「讓位」既見年選對新銳的欣賞、期許，另一狀況：原本走在前頭的詩人停步了，自然也就讓出了位子。

　　九十四位詩人的詩作，出自五種報紙副刊（聯合報、中國時報、自由時報、中華日報、人間福報），十一種文學期刊（主要是詩刊：《乾坤詩刊》、《笠詩刊》、《吹鼓吹詩論壇》、《聯合文學》、《創世紀詩刊》、《風球詩刊》、《衛生紙詩刊》、《文訊》、《好燙詩刊》、《秋水詩刊》、《臺江臺語文學季刊》），另有愛詩網徵文得獎作品，及齊東詩社詩人手稿展的詩。以《乾坤詩刊》第70期刊登358首，《創世紀》180期刊登412首估算，平面媒體全年發表的詩絕不會少於五千首。

去雅從俗的趨勢

讀詩，且真能深入細讀的人究竟有多少？——我不期然就會去想的問題。這些詩將來有幾首可傳世？又是一個問題。

王國維標舉的「境界說」，與詩人才性、閱世經驗、想像造境能力有關。姚一葦以創造性、真誠性、普遍性、豐富性四因素闡釋。論人格，不能有俗氣、酸氣、腐氣；論詩格同此標準。個人的記載、囉嗦的吐屬，要如何鍛鍊成詩？主題意義相近，為什麼有的具風神情韻，有的卻索然無味？露一手機巧、玩一點遊戲，是藝術表現的過程還是終極目的？

十年前（2005）《印刻文學生活誌》登過侯虹斌一篇談漢語流變的文章，說明資訊時代的主流話語大量來自網路、外語、時尚品牌及媒體催生出的新詞，謹守規範的語言、語法，反而被貶為陳詞濫調。近十年來，話語體系生出了更多變異的詞彙，但有不少只是諧音的運用，就語言藝術言，十分低階。

實用生活中的景觀如此，對文學書寫有何影響？是不是推波一種放棄精鍊，去雅從俗的趨勢？趣味優位於意義，將零碎、散緩、隨興視為巧妙，顛覆創作的艱難，削平創作的高度。——個個都是詩人，個個都不是詩人。當你發現不少成名詩人也發表了不少平庸之作，誰能不生自我鑑照的驚疑之情？

選編者即文學批評者。一個文學批評者要有學養、見識，還要有勇氣，敢直言、敢取捨，不怕得罪人。我做到了嗎？當然沒做到。臺灣為什麼沒有嚴正的批評？社會不重視，無法養成權威專業的批評家，更因人際空間狹窄，「圈內人」關係緊密，無奈地陷入一種自產自銷、相互逢迎的狀態。1950年代現代詩的風潮，很難在講技術、講數據的時代再複製，詩的未來只能在怠速中等待新的機遇。

說幾首詩

《2014詩選》以須文蔚的散文詩〈盲夢〉開篇，這是一首溫熱的詩，流淚卻令人喜悅。「在我夢中有一個女孩，她用手掌凝視我，以掌紋網住我不安的心」，詩人說，我握緊流淚的女孩，「把霜雪融化成一道奔流的小溪」……夢是關注，掌紋是命運，以此與讀者交集，默會同情與愛。

2014年詩人書寫的社會事件，有食安問題（岩上），太陽花學運（向陽、鴻鴻、羅毓嘉），高雄氣爆（詹佳鑫），香港佔中抗議（林煥彰）等。因為詩的呈現，使得事件的精神不致被忽視，詩的當代性也因現實得以彰顯。

1999年「九二一地震」發生第一時間，向陽發表〈黑暗沉落下

來〉；2014年太陽花學運進占立法院次日，他寫出〈今晚，請為他們祈禱〉，多用類疊複沓的技法，詩人知道：好的形式才能留住好的內容。吳晟為農鄉水田濕地復育計畫而作的〈一起回來呀〉，是他近年的志業，也是一生奮鬥始終如一的理念實踐。

　　去年二月，音樂家李泰祥過世；五月，詩人周夢蝶往生。辛鬱〈歌聲送行〉悼李泰祥，以聲音意象綰連哀悼者與被悼者；鄭愁予〈卿雲高潔兮〉懷念周夢蝶，以碑碣的厚重形式頌贊傳世的詩魂。二詩俱見相重相惜之情。

　　倡議小詩多年的白靈說：「2014是臺灣鼓動小詩風潮的一年，詩壇破天荒有五種詩刊及文訊雜誌分頭刊印了七次小詩專輯。」本集入選的白靈、蕭蕭、孫維民、林德俊等人的詩，都可視為這一風潮印記。用精潔的語言傳達完整的詩意，小詩最得意象主義精髓。

　　2014年前行代詩人代表，仍由楊牧、洛夫、余光中領銜。楊牧情思之靈動，洛夫內省之奇警，余光中才識之賅備，同為人嘆賞。

　　中生代詩人創作，最稱主力。楊小濱一口氣推出三冊詩集（《女世界》、《多談點主義》、《指南錄·自修課》）；陳黎變魔術般變出最新的《島／國》；蘇紹連交卸《吹鼓吹詩論壇》主編工作，結集了《時間的影像》；初安民接續2013年的親情詩，寫了十幾首愛情詩；陳育虹與顏艾琳以不同手法譜寫出奇妙的「雙人舞」；焦桐讀蔡

素芬小說《燭光盛宴》，詩寫疑似愛情的真相；孟樊一個題材兩樣構思、兩首成品（參見作者所寫的〈關於本詩〉），可當創作課品評。

再看葉覓覓的詩，是另一路數的試探、開發，令人想起夏宇（去年未發表詩）。P.F.〈我們的短視近利〉是一首批判價值觀的具體詩，將粗大字呈現的行業頭銜與細小字所標示的對照看，令人會心。

2015年1月26日下午，年度詩選編輯委員會在二魚出版社開會，確認九十四家詩作，並議決年度詩獎贈予《那些閃電指向你》的作者：1970世代優秀詩人林婉瑜。

致謝

選編工作歷時一年，幸得清華大學中研所博士曾琮琇擔任特約編輯，輔大翻譯所研究生陳幼雯協助搜集資料，二魚出版社責任編輯林家鵬熟悉臺灣文學生態，且不辭編務繁瑣，終能獲得入選詩人同意，共同出版這一冊精采的讀本。

詩意是從渾沌中取得的，詩人在渾沌中窺見、記下那未曾被人解釋明白的。詩心是素養，不是技術，能讓人看到詩中的主體，詩的影響就產生了。這是我寫序此際最後的一點感想。

2015年2月27日寫於淡水盧卡小丘

痛苦會過去

——《2014臺灣詩選》編選觀察

曾琮琇

　　一年已盡，春暖花開之時，過去一年的詩歌也將收割。通過指尖，摩挲紙頁的溫度猶在，打印詩稿的油墨味道猶在，一首詩就是一道風景，感動猶在，拿起與放下的夷猶與掙扎亦歷歷可辨。作為一本「斷代」意義的臺灣詩選，我們會期待它必須要能夠反映真實生活形態與感受，同時，具備獨特的美學視角。不過，在這些問題前面，或許我們可以先回到一個最根本的問題上：「詩，告訴我們什麼，讓我們看見什麼？」

　　首先，詩讓我們看見希望。也是在春暖花開之際，我們共同經歷了一段痛苦的記憶：有人攻入立院，用單薄的肉身抵抗黑箱，有人在青島東路上，枕著粗糲的現實輾轉難眠，更多人如我，在電視機、電腦螢幕前，與親臨現場，走在遊行隊伍中間，捍衛我們生存的權利的師長、親友面面相覷。這一刻，點燃了我們對自由的渴望的那顆火苗，詩人都看見了。《衛生紙＋》、《笠詩刊》、《吹鼓吹詩論壇》等詩刊相繼以特刊、專輯的規模一起見證太陽花學運；向陽〈今晚，請為他們祈禱：聞數千警力將夜襲立院學生有感〉、鴻鴻〈暴民之歌〉用真實的血淚為手無寸鐵卻遭視為暴民的子衿祈禱，控訴傲慢失靈的國家機器，林煥彰〈今天，您們打開傘了嗎？〉為撐傘爭取真普

選的香港朋友祈福；學運落幕了，太陽仍照常升起，而太陽花已成明日黃花，但詩記錄了這一切，讓我們知道，自由恆久遠，一刻永流傳，借用羅毓嘉〈不要忘記我們曾經被喚醒〉的詩題，詩讓我們看見遠光有光，讓我們記得我們曾經被喚醒。

　　詩也讓我們看見恐懼。這一年，各種公共災難的影像、話語於我們生活的角落輪番上演：家園反徵收反拆遷、黑心油風暴、捷運隨機殺人事件、高雄氣爆……，無論是親臨（歷）或者旁觀，詩人帶我們探觸恐懼的核心。災難之再現所涉及的道德難題，在蘇珊 桑塔格（Susan Sontag, 1933—2004）討論攝影的評論集《旁觀他人的痛苦》中已有精彩的論述，而詩人之為詩人，其天職不僅止於旁觀他人之苦痛，而是忠實地直面這些恐懼，甚至將這些恐懼覆蓋於自己的傷口之上，以召喚讀者如我們之於災難的同情與理解。因此，就詩人來說，將旁觀他人的痛苦的「他人」代入為複數的「我們」未嘗不可。岩上〈油，從水由聲〉、陳柏伶〈請勿由此撕開〉、詹佳鑫〈錯覺的旁邊〉、郭哲佑〈鎮魂──為倖存者而作〉提供我們在無常的人生中，面對恐懼的形式；「車轉彎，所有人一起傾斜了身子」（湖南蟲〈一起移動〉）暗示我們，我們生存在集體的恐懼中，誰都與誰連坐。

縱使處於眾聲喧嘩的時代,詩人最終還是回歸生活的喜怒哀樂。吳晟〈一起回來呀——為農鄉水田濕地復育計畫而作〉回到土地的抱懷,吳東晟〈唸予阿嬤个詩〉回到阿嬤身邊,用最親愛的母語向親愛的阿嬤告別。鯨向海〈虎父〉中的「虎父」不將意義停留於父子關係,還包括詩歌的前驅者,根深蒂固的傳統與權威,試圖重新思考「傳統—現代」、「權力—服從」、「國—民」等對立的意涵;林婉瑜〈就是那時候〉、崔舜華〈地表生活圖輿——你剪去枇杷的乾肢〉、蔡琳森〈寡情詩〉演繹了愛的發生,愛的隙縫中那些背離與歸返的時刻。除此之外,用瘂弦的〈深淵〉的詩句言之,「我們仍厚著臉皮霸佔地球的一部份」,我們活著,我們仍要與日常的庸俗妥協,比如唐捐〈赫啦赫啦赫啦反進行曲〉對「烙」與「賽」的反思,P.F.〈我們的短視近利〉借用大小不一的視力檢查形式諧擬短視近利的職業趨向。詩讓我們看見生活的本質。

　　去年九月從博士班畢業,銜義芝老師之命,匆促接下了這份采集的功課。每每蒐羅詩集報刊,頗有先秦時代的《詩經》向各地采詩的意味。我感覺,這本詩選所選輯出來的詩歌,一年之間,在美學上儘管未必能有驚人的超越,而從反映現實感受的層面來看,確有動人

的力量。深受風濕性關節炎所苦的印象派畫家雷諾瓦（Pierre-Auguste Renoir, 1841—1919）曾說這樣的名言：「痛苦會過去，美會留下」，痛苦會過去，詩留下來了，謹以此向所有詩人與詩的讀者致敬。

詩作
Poems

盲夢

須文蔚

我是天生的盲人，人們總以為我在夜晚沒有夢。其實經常有白鳥在夢的曠野上飛翔，草茨在雲端發芽，開出發光的花，飄飛在人們溫柔的話語中。

在我夢中有一個女孩，她用手掌凝視我，以掌紋網住我不安的心。在她的掌心有一道細細的傷口，娓娓流出她的淚，以及霜寒後的記憶。

我只能默默握緊她，把霜雪融化成一道奔流的小溪。

《乾坤》詩刊69期 2014年1月

▌詩人自述

　　臺北市人。現任國立東華大學華文文學系教授兼系主任。東吳大學法律系學士、政大新聞研究所碩士、博士。曾任《創世紀》詩雜誌主編，《乾坤》詩刊總編輯。創辦臺灣第一個文學網站《詩路》。著有詩集《旅次》與《魔術方塊》，文學研究《臺灣數位文學論》、《臺灣文學傳播論》，編著《臺灣的臉孔》、《烹調記憶》（遠流）等。

▌關於本詩

　　盲人雖然沒有看見過世界，透過聆聽或學習，在腦海中建構的風光，應當超越我們所能想像，也超越了詩、畫或是電影的能量。眼明的世人，卻往往要到超現實的世界，往往要到夢境中，才會理解情感造成的不安與傷害。詩如能帶著寬容與歉意，或許能夠開啟新的視野。

Skype會議中

李進文

你衣著簡體，
口氣卻像你們的市場一樣華麗。
你姿態大陸型
氣候──「現在還冷呢這啥個四月，」你說：
「只好貓著。」
你經常在PPT
簡報的結尾引用你前前前領導
說的：「一萬年太久，只爭朝夕。」
我隔岸為你感動
卻老忘了你的簡報內容。
我說：「再也不能用MSN繼續為你感動。」
你說：「行的！就QQ吧。」
Skype偶爾秀逗仍繼續傳來你的捲舌音
甜得像我最愛的寶島水果。
此刻外頭下雨，
我掀衣露出繁體，
煩著經濟。

《乾坤》詩刊69期 2014年1月

▍詩人自述

　　李進文，1965年生，臺灣高雄人。現任聯合文學出版社總編輯，著有詩集《一枚西班牙錢幣的自助旅行》、《除了野薑花，沒人在家》、《長得像夏卡爾的光》、《靜到突然》、《雨天脫隊的點點滴滴》等多部詩集；另著有散文集《如果MSN是詩，E-mail是散文》，美術詩集《詩與藝的邂逅》，動畫童詩繪本《騎鵝歷險記》及《字然課》等。曾多次獲時報文學獎、聯合報文學獎、臺灣文學獎、林榮三文學獎、文化部數位金鼎獎等。

▍關於本詩

　　運用網路時代跨海峽兩岸的職場互動，以簡潔的口語，點出兩岸政經文化的隱喻。

合掌

許悔之

我向你合掌
有一世你對我行布施
我記得
你分了食物
讓素面相見的我果腹
我向你合掌
有一世啊當我行走山徑
你走在前面
發出歌聲
並為我移走了斷枝
以及亂石
我向你合掌
有一世我哀傷的時候
你給過我
溫暖而慈悲的眼神

是以我向你
深深合掌
你曾經是那星辰
荒野中指引
我走出那困頓迷途
深深合掌

啊我向你合掌
你是大海
我是嬉遊的鯨豚
你是高山
我是盤繞你的白雲
雲化為水
流向了大海
又蒸騰為霧為露
露濕了你所化身的
花草和樹木

我向你合掌
十次，百次，千次
千千萬萬次的合掌
都不足以表示
我萬分之一
算數譬喻所不及的感激
此生，怕又來不及了
更何況你
我看到你的眼光中
是啊有著無數的
生生世世

《聯合報》副刊 2014年1月28日

▌詩人自述

許悔之，1966年生，臺灣桃園人。國立臺北工專（現改制為國立臺北科技大學）化工科畢業。曾獲多種文學獎及雜誌編輯金鼎獎，曾任《自由時報》副刊主編、《聯合文學》雜誌及出版社總編輯。與友人創辦有鹿文化，現為有鹿文化總經理兼總編輯。著有散文《我一個人記住就好》等；詩集《陽光蜂房》、《家族》、《肉身》、《我佛莫要，為我流淚》、《當一隻鯨魚渴望海洋》、《有鹿哀愁》、《亮的天》等中文詩集，並有英、日文等譯本面世。

▌關於本詩

人間種種，理應合掌。

油，从水由聲

岩　上

油，从水由聲説文注
油油，悦敬貌
由，缶曰由
口大而頸小
油油光潤貌
油然有聲如水流

或因油汙堵塞血管
或因水多油稀
無法滋潤
政府運作的機器
無能燃燒
昂奮勃然的經濟高湯

油嘴，不是油田
光説不鍊
只煉肖話

油水大家抽乾後
面皮的土地龜裂

註：1.近日發生黑心油品案，臺灣某些食用油公司製造不實假油，影響層面甚
　　　廣，有如油禍，有感。
　　2.「大家」一詞指高門貴族，大戶人家，非大眾。

《笠》詩刊299期 2014年2月

▎詩人自述

　　岩上1938年生，本名嚴振興。逢甲大學畢業，1976年創辦《詩脈》詩
刊，1994之後主編《笠》詩刊。獲首屆吳濁流文學新詩獎、文協新詩創作
獎、臺灣詩獎等多項文學獎，出版《岩上八行詩》、《針孔世界》、《漂
流木》等詩集，與評論《詩的存在》、《詩的創發》二十幾種，現為臺灣
兒童文學學會理事長並專事寫作。寫作範圍包括：新詩、評論、散文、兒
童文學。

▎關於本詩

　　食油是民生必需品，以食用安全為第一要義，但近年發現臺灣食油長
期以來，被黑心製油商以餿水油或其他工業化學原料混合，危害全民健
康。事發後，社會譁然並影響臺灣在國際製造業形象。社會關懷一向是我
詩作主題之一，此事入詩切入點，以「油」字的形聲結構，加以分析解讀
融合食油問題現象的聯想，是為此詩表現手法特殊之處，而詩喻又有批判
性作用。

詩僧·妄想

蔡富澧

總以為前世必是
一詩僧　青山古刹
挑燈讀經　安座
參禪　蘸墨寫詩
銀針刺血沐手抄經
行腳托缽自度度人

回首五十年來　無緣
出家　無心
度眾　想是前世
受人供養太過
今生拚命寫詩
賺錢　養家　還債

興許還會為錢心動
總之福報不足
隨緣度日　少欲惜福
了知前世詩僧都是
妄想　今生
也就安心做個
凡人　以詩化緣足矣

▌詩人自述

　　蔡富灃，屏東縣小琉球出生；陸軍官校、三軍大學陸軍指參學院畢業，佛光大學宗教學研究所碩士。曾任國防部部長辦公室上校參謀、文化總會主任祕書、齊東詩舍【詩的復興】計畫執行長；曾獲聯合報文學獎新詩獎、國軍文藝金像獎等；著有《山河戀》、《山河歲月》、《生命的曠野》、《與海爭奪一場夢》、《藍色牧場》等。

▌關於本詩

　　因為學佛，所以知道凡事皆有因緣；因為「夫妻是緣，或善緣或孽緣，因緣際會；兒女是債，或討債或還債，無債不來」，所以推想一家四口是怎樣的因緣，才讓我願意為家人這般付出，無怨無悔；想想這一生寫詩、學佛、工作賺錢養家、嗜書如命，想來，前世出家不忘寫詩，修行受人供養，今生故得這般吧！也許只是自己的妄想。

燭光盛宴

焦桐

我聽到軟木塞
亢奮作響……急切的
氣泡追逐激動的氣息,
香檳杯裡的春天,發情的
噴泉,急切勃發了

愛情。迷醉在肉欲晚宴,
新裝潢的房間:帶血牛排
沉溺在醬汁,盤中
魚被鐵鉤鎖住了喉嚨,刀叉
碰撞,琴弦和琴鍵急切
喧譁,疑似流言,
外遇昇華的詠歎調。外遇

疑似愛情,喬裝
赴一場燭光盛宴,當
日曆變成了酒標,
旺盛分泌的腎上腺:
一頭粉紅象的圓舞曲,
一隻金魚在杯底游行,淋雨
來敲前妻的門,多皺紋的
表情,半濕的毛巾懸蕩在房間。

我的菜單沒有甜點，嘴巴
守著婚姻的祕密，守著
少婦乳房的酒瓶，眼睛
糾纏你胸前
波光瀲灩的勃艮地酒杯，
親愛的水果塔。
當日曆變成了酒標——往事飄忽

又夢境般真實，公園
野餐，陽光擁抱著我們
如衰老的火山壓抑著喘氣：
山林裡枯枝腐葉的泥爛味，
肌膚上曠野的氣息，日光公園
斜眼太強，人人
都需要警戒的墨鏡。

一隻壁虎警戒，舌尖試探
赤裸裸的牆壁，埋伏
回憶的蜘蛛網，昨夜的
鑰匙孔——

像痙攣發作，激情
這場盛宴，燭光
忽閃忽爍如寓言，玻璃罩內
光在陰影中搞曖昧，耳語
忽遠忽近，謹慎
修改我們之間的情節，悲欣
明滅的祕密。

趕在晚宴結束前收藏好
眼神，鏡子前補妝，內疚的
燭光明滅在杯裡——這杯
敬你，敬往日時光
在身上畫下的刀痕，愛情
愛去了半條命；這杯
敬我自己，疲憊
在異地的窗前，桃花簇擁著
亂開，暫時的愛情
在禁忌的燭光盛宴。

《自由時報》自由副刊 2014年2月23日

▌詩人自述

　　焦桐，1956年生於高雄市，曾習戲劇，編、導過舞臺劇於臺北公演，已出版著作包括詩集《焦桐詩集：1980～1993》、《完全壯陽食譜》、《青春標本》，散文《在世界邊緣》、《暴食江湖》、《臺灣味道》、《臺灣肚皮》、《臺灣舌頭》、《滇味到龍岡》等等三十餘種，編有年度飲食文選、年度詩選、年度小說選、年度散文選及各種主題文選五十餘種。

▌關於本詩

　　本詩是應《自由時報》副刊「文學互照」之邀而作，「藉不同文類，激盪出火花」。我選擇蔡素芬《燭光盛宴》作為發展的起點，當然不會是摹擬素芬此長篇小說。

　　當然，這是一首情詩，似乎不怎麼甜蜜；詩也許是在探討愛情，也許對愛情不怎麼信任，甚至覺得它十分可疑，曖昧，暫時。

赫啦赫啦赫啦反進行曲

唐捐

我現在要出征，我現在要出征，我麗人要同行，唉！我麗人要同行。
你同行決不成，我現在要出征，我若是打不死，我總會回頭來看你。
倘敵人不來欺負，我怎會離開你，但全國每個國民都需要靠我保護。
我所以要出征，就因為這緣故。再見！再見！再見！赫啦赫啦赫啦。
　　　　　　　　　　　　　　　　　　　——〈我現在要出征〉

A.每個國民都需要

輪到我出賽了嗎，團長！
　我——新宇宙戰鬥團的超級新人——將為熱血鬥魂而戰
（抖）！
　　　在擂臺上把人摔倒，或者，被擠出賽來——
　　　　啊，真誠的賽，從我心深處再深更深一點之處
　　　　　被被被擠出來了！團長，我出來了！我真的出來了！
　　　　　　（每個國民都需要靠，我保護，而我需要你，麗人。）

這一次我出賽，便再也不出了。彷彿此身
最後的一次出擊。像肉體在驅逐靈魂
我感覺得到，腦髓沿食道腔腸進入白磁塘
我在用力，一次出得乾乾淨淨——赫啦赫啦赫啦。

B. 我若是打不死

麗人，先回去吧！
　妳餵給我的菜和愛，我會帶著去出賽！
　　那些可愛的妖魔鬼怪，那些待打擊的善人以及
　　　打擊我的惡棍，已在遠方等我了。喔，麗人
　　　　你同行決不成，阿我又不是去西班牙旅行

麗人，我養的電子狗，請記得按三餐養育
我的摩托車、彈簧床、我搜集的小小兵
千萬別借給別人。喔，麗人！
我若是打不死，我總會回頭來打妳
（啊，愛是鞭笞——赫啦赫啦赫啦）

C. 再見！再見！再見！

賽，使我獲得了什麼？
麗人，請捫心自問，狂拉猛洩使我們獲得了什麼？
「哭」給我們提供了淚，「寫」讓我們取得詩，而「烙」呢？
喔，烙使我們延續了賽。通過大大小小的賽事
我終將抵達IWGP杯冠軍賽

啊，賽，使我失去了什麼？
麗人，請捫心自問，狂拉猛洩使我們失去了什麼？
「哭」叫我們失去了淚，「寫」叫我們失去字，而「賽」呢？
喔，賽就只是為被烙嗎？樂莫樂兮抱麗人
悲莫悲兮去當兵，赫啦赫啦赫啦

《吹鼓吹詩論壇》18期 2014年3月

▌ 詩人自述

　　唐捐，1968年12月生於嘉義大埔紅花園，父祖世居南投鹿谷楓仔腳。
國立臺灣大學文學博士，國立清華大學中文系副教授。著有詩集《蚌哭蜢
笑王子面》、《金臂勾》等五種，散文集《大規模的沉默》，日譯詩集
《誰かが家から吐きすてられた》，論述《現代漢詩的魔怪書寫》。曾獲
五四獎、1998年度詩獎、梁實秋文學獎、時報文學獎、聯合報文學獎、中
央日報文學獎、臺北市文學獎。

▌ 關於本詩

　　張翠山順著他手指的筆劃瞧去，原來寫的是「喪亂」兩字，連寫了幾
遍，跟著又寫「茶毒」兩字。張翠山心中一動：「師父是在空臨〈喪亂
帖〉。」他外號叫做「銀鉤鐵劃」，原是因他左手使爛銀虎頭鉤、右手使
鑌鐵判官筆而起，他自得了這外號後，深恐名不副實，為文士所笑，於是
潛心學書，真草隸篆，一一遍習。這時師父指書的筆致無垂不收，無往不
復，正是王羲之〈喪亂帖〉的筆意。——金庸

固體之黑
——記左眼失明之感覺

碧果

驀然
自視。我趺坐在左眼之中
不是歸隱，也非逃避。而
是為了衍生語詞拉近企及中的印證
再者，為了

眼在眼中之眼的不空之境
盡是盈滿著瘋狂的叫囂
與我。無法抽身。而後
則沉默為　黑。
因

那在眼中之眼的不空之境　有我
把自己餵養成全然固體之　黑
使之取代意象語詞的精髓
竟審慎專注的

雕成為　黑
的
一尊
肉身造像。

▌詩人自述

1932年生，河北永清縣人。著有詩集《秋‧看這個人》、《碧果人生》、《肉身意識》、《驀然發現》等十餘種。現專事寫作，暨畫超現實插畫。無聊時獨眼看雲。

▌關於本詩

這首詩均為私我的心靈真話。請方家、學者，及愛詩人導正。

請勿由此撕開

陳柏伶

這是我的爸爸
請勿由此撕開
這是我的媽媽
請勿由此撕開
這裡是我的家
請勿由此撕開

晚上吹進來的風
白天看出去的樹
田中央閃閃發光
請不要動手
請不要動口
請不要
在這裡
使用
動詞

你的文法
我們不懂

《吹鼓吹詩論壇》18期 2014年3月

▌ 詩人自述

　　陳柏伶，彰化人，碩論為《據我們所不知的：夏宇詩研究》、博論為
《先射，再畫上圈：夏宇詩的三個形式問題》，現任清華大學中文系博士
後研究員。

▌ 關於本詩

　　世界進化史的背面，是一連串互相撕開的過程。撕開者與被撕開者，
原來站在同一張柔軟的白紙上，然後，邪惡的莫比烏斯（Möbius）來了，
把撕開者們高高撐起，彷彿一群驕傲的風箏，把被撕開者低低懸掛，當作
抹布晾乾，仍然，撕開者與被撕開者，站在同一張單薄的紙上，呈現危險
的平衡，無限的∞，最絕望的永恆。

京都夢抄

廖偉棠

過春社了
狸貓與白狐的春宴
在看見我取出懷錶時
剎那寂寥
紅盞，盛的小小性命
沿唐刀，飲春饌
我忍足方丈迴廊
依然聽見黃鸝在木頭深處
叫喚仇人之名
帽下我雙眸似盲人的銀夢
參差入綠雲與紫蕨
吹化金鹿飛立檐頭
回首不見你的素履與寒心

過春社了
原諒我一路沉默至今
因為我漸漸不懂得人間的言語
吐字落落如銅鈕在木仄
如果不是落櫻
斷然不是落櫻
泥血銷骨的另一個哪吒
魂魄散似水中鄰光

拆了墨渲風雲
拆了醉龍和哀虎
步躡氣中樓閣千層
回首不見你的苦手與炙唇

《聯合文學》353期 2014年3月

▎詩人自述

　　廖偉棠，70年代出生，詩人、作家、攝影師。家在香港，曾居廣東、北京。寫有詩集《尋找倉央嘉措》、《八尺雪意》，散文集《有情枝》、《衣錦夜行》，評論集《反調》、《波希米亞香港》、《游目記》以及小說集、攝影集等二十餘本。

▎關於本詩

　　第一次和妻子遊京都所寫，當時感情有波瀾，遊猶如夢遊，亦有暗驚在此。

歌聲送行
——悼李泰祥

辛鬱

有聲音從高處來　有聲音
從高吭到低沉　繞樑久久
傾流自那個漢子的胸懷

清澈的澗水一般
注入我們的胸懷
洗滌耳朵
為我們的聽覺澄明

在一按鍵一撥弦傾刻
這漢子胸中閃亮聲音的光影
恍若莫內畫中的湖泊　色彩如流
潺潺不息
讓詩的意象躍出紙面
化成　河川最清澈的奔騰
　　　星光最明亮的閃爍

而今　所有的樂器都在
這漢子閉氣的片刻
完完全全靜寂下來
讓我們的歌聲穿透哀傷
送他到更遠的遠方

《創世紀》詩刊178期 2014年3月

▌詩人自述

　　寫詩六十多年了，已到了擱筆的時候。這麼些年來，詩對我特具意義，也是我近期病中可以倚靠的一分力量。我出了幾本詩集，都不怎麼討人喜歡。因為我鮮少寫情寫景寫甜美事物，我著重於寫人寫社會的內在「真象」；但都不夠深入。我也常用詩對政治迫害、反人性等提出抗議。

▌關於本詩

　　我以喜歡唱小調與李泰祥結緣，一度他想以楚霸王為主題，編寫歌劇，且要我演一角色並幕後配唱。後來他患帕金森氏症而告吹。此詩只是對一個以歌聲結交的朋友表達一分紀念之情而已。

未來追憶指南

楊小濱

那時候，我還活著，也還沒
燒掉滾滾濃煙的鬍鬚，
我自比獅子，走在鋼索上。

直到有一天，我從夢中墜下，
風吹遠了我的雙耳——
誰都看成是蝴蝶撲飛，
幸運的是，那不是死後的愛。

比烏雲更重的我，果然
飄不起來，也抓不住
風的任何一對翅膀。

那時候，雨下個不停，
我還年輕，山上樹也都還綠著，
我以為我真的很有力氣，
但我舉不起曾經的時間。

《創世紀》詩刊178期 2014年3月

▎詩人自述

　　楊小濱，現任中央研究院中國文哲研究所研究員，國立政治大學臺灣文學研究所兼任教授。曾任《現代詩》、《現在詩》特約主編。著有詩集《穿越陽光地帶》、《景色與情節》、《為女太陽乾杯》、《蹤跡與塗抹：後攝影主義》（觀念攝影與抽象詩集）、《楊小濱詩×3》（《女世界》、《多談點主義》、《指南錄·自修課》）、《到海巢去》等。

▎關於本詩

　　我現在也還年輕。

　　詩的幻景是一場戲劇，我只是其中的角色——正如在現實中。

故鄉素描（之一）（臺語詩）

黃勁連

親像神明生咧迎鬧熱
規條街仔路沓沓滾
天地薰磅磅，雲煙散霧
炮仔聲pit pok叫
路窒稠咧

我踅一輾，行向西爿
哇！更加厲害
薛仁貴征東
薛丁山征西
車一隻一隻傱來傱去

我雄雄想去阮校長
來福仙的話「tsing-piàng」
啊！真正是咧tsing-piàng

我日日思念的心靈故鄉
走去佗——咧 走去佗——咧

暗時，走外環道路
車駛過夜市仔
燈光閃閃爍爍

我目睭煙暈（ng）
毋知欲駛向佗去

《臺江臺語文學》季刊9期 2014年3月

▌ 詩人自述

　　黃勁連，本名黃進蓮，臺語詩人、鹽分地帶作家。1946年年尾仔出世，臺南縣佳里鎮佳里興潭仔墘儂。嘉義師範、文化大學中文系文藝組畢業。捌得著五十九年度全國優秀青年詩人獎、第六屆南瀛文學獎、第九屆榮後臺灣詩人獎、臺北扶輪社「臺灣詩人獎」、教育部「漢語河洛話研究獎」、以及「臺語文學特別貢獻獎」。主要今創作有臺語詩集《雄雞若啼》、《南風稻香》、《蕃薯今歌》，散文集《潭仔墘手記》，以及《黃勁連臺語文學選》、《黃勁連自選集》。佫編著《臺譯千家詩》、《臺譯唐詩三百首》、《增廣昔時賢文》、《臺灣國風》、《臺灣囡仔歌一百首》等，總共七十外本。現任「海翁臺語文學雜誌」總編輯，金安文教機構臺語文顧問；南瀛樂府發起人、團長。

▌ 關於本詩

　　暮色搭四邊，在他鄉外里，若聽著異鄉的鳥啼，心內著感覺非常的希微，想欲坐夜快車拼轉去日夜思念的故鄉。但是「逝者如斯」，時代咧改變，等甲三十年後返鄉定居了後才知一切攏改變咯，細漢時代的情景，已經無當走揣，庄跤已經工業化，街仔路「車如流水馬如龍」，我干礁感受一陣一陣的心疼，無限的悲哀。我思念的故鄉只好夢中走揣啦。

鳥聲是詩

張默

眾鳥，以不規則的翅膀，散步
眾鳥，以芬多精的語言，調情
眾鳥，以方程式的顏彩，塗鴉
眾鳥，以亮閃閃的水線，寫詩

不論牠們怎樣盤算，糾結，奇想
總之，鳥不是樹，也不是花
鳥不是雲，也不是石
牠特別喜歡在清晨幽僻的林間
一個勁地，吱吱喳喳
一個勁地，把青天嘩嘩啦啦的啄醒

於是大地升起，一片綠油油的波浪
一首不必下標題的，最最令人疼惜的
百鳥戲春詩，燦然定稿

《中國時報》人間副刊 2014年3月4日

▋ 詩人自述

張默，1931年生，安徽無為人。早年曾與洛夫、瘂弦草創《創世紀》詩刊，2014年10月，欣逢詩刊六十年大慶，當場宣布交棒給汪啟疆、辛牧等繼續經營。著有詩集《獨釣空濛》等十六種，編有《臺灣現代詩手抄本》等二十餘種，近年致力從事「水墨無為」抽象畫的創作。

▋ 關於本詩

〈鳥聲是詩〉題目說得很清楚，是借鳥聲抒發作者當時的心情，何必再加解說，請愛詩人各自去發表高見吧！

落葉

丁文智

徘徊在季節之外的
風
曾
極盡能事的
苦勸

但
仍挽不回
葉子離枝飄落的
那種自裁式的
輪迴之執著

《聯合報》副刊 2014年3月13日

▌ 詩人自述

　　丁文智，山東人，1930年生。省立青島師範畢。作品包括小說、詩。出版有小說集《記得當時年紀小》等十餘部，詩集有《能停一停嗎，我說時間》等多種。早年曾加盟紀弦的「現代派」，現為創世紀顧問。

▌ 關於本詩

　　一年一度的葉子離枝，是既定的一種生命輪迴。

被忘錄

陳黎

在一條清涼水聲的蠶絲被裡
遺忘了的生之喧囂
　　　*
覆在我身上的你的肌膚是薄薄的
被單，你自我掀動出風
噢那是群星的歡息，把你我吹塑成浪
　　　*
窩藏我們也被我們窩藏的被窩　　是
時間與溫度的混凝土築成的防空洞
　　　*
我們被動
神主動

《聯合報》副刊 2014年3月23日

▌詩人自述

　　陳黎，本名陳膺文，1954年生，臺灣師大英語系畢業。著有詩集、散文集、音樂評介集凡二十餘種。譯有《辛波絲卡詩集》、《拉丁美洲現代詩選》等二十餘種。2005年獲選「臺灣當代十大詩人」。2012年獲邀代表臺灣參加倫敦奧林匹克詩歌節。2014年受邀參加美國愛荷華大學國際寫作計畫。

▌關於本詩

　　〈被忘錄〉一詩收錄於陳黎2014年出版的詩集《島／國》。此書共分三輯：「北島」、「夢中央」、「南國」。〈被忘錄〉為輯二「夢中央」中之一詩。

今晚，請為他們祈禱
聞數千警力將夜襲立院學生有感

向陽

今晚，請為他們祈禱，
他們是年輕的孩子，
我們珍愛疼惜的兒女。
他們的臉上洋溢光彩，
他們的眼睛，如晶瑩的晨露，
滾動在葉脈，閃露珠光。
他們是我們辛苦栽培的孩子，
家族的希望！

今晚，請為他們祈禱，
他們是勇敢的孩子，
我們嚴謹教誨的兒女。
他們的心念只問是非，
他們的籲求，是澄澈的活水，
沖刷了汙穢，帶來淨潔。
他們是我們已然消逝的青春，
社會的良心！

今晚，請為他們祈禱，
他們是正義的孩子，
我們引以為傲的兒女。

他們的胸中沒有雜念，
他們的吶喊，是洪亮的晨鐘，
敲醒了暗夜，敲響黎明。
他們是我們寄予希望的一代，
臺灣的未來！

《自由時報》自由副刊 2014年3月25日

▎詩人自述

　　向陽，本名林淇瀁，臺灣南投人，1955年生。政治大學新聞博士。

　　曾任自立報系總編輯、總主筆、副社長，現任國立臺北教育大學臺灣
文化研究所教授兼圖書館館長、吳三連獎基金會秘書長。

　　曾獲國家文藝獎、吳濁流新詩獎、美國愛荷華大學榮譽作家、玉山文
學獎文學貢獻獎、臺灣文學獎新詩金典獎、金曲獎傳藝類最佳作詞人獎。

　　著有詩集《亂》、《向陽詩選》、《向陽臺語詩選》等五十種。

▎關於本詩

　　太陽花學運進占立法院，引發國人關注、全球矚目。這群年輕學生並
非無知小孩，為了臺灣以及自身的未來，做他們認為正確的事，反對可能
影響臺灣前途的法案草率通過，展現勇氣，也表現了新世代關心國事的積
極熱誠，與1990年3月的野百合學運輝映，應為臺灣人民珍惜。

　　3月20日，學生剛占領立院次日，電視報導當局將以數千警力驅逐立
院學生，我在臉書貼出此詩，提醒當局正視學生訴求，不應以「暴民」對
待。這首詩獲得千餘位臉友回響，軍警夜襲立院之事亦未發生。詩的力量
雖然比不上權力的傲慢，但其中傳達出的上一代的憂慮和焦急，應可以為
國家機器之戒。

我不是路過

零雨

傳統髮髻，斜襟寬褲
醬紅色皮膚
穿過狹窄的門戶

挑著糞桶或手中握著
一把園子裡摘來的菜

我聞到她的氣味
她轉身時衣服的一角

我追上前去
和她並行

「我不是路過——」

在碎石與黃土的鄉間
泥巴染黑我的腳趾

她搖搖頭搖搖手
停下來
憐憫地看著我
——我又聾又啞

她變成一間老屋
黑色。空蕩蕩

「你很美的──」
顫音穿過門窗──
穿過我的身體
我的喉嚨

有些同伴出現了──
芒花雜草雨滴

它們憐憫地看著我
「──這些都是你的了。」

《聯合報》副刊 2014年4月1日

▌ 詩人自述

　　零雨，臺灣臺北人，臺大中文系畢業，美國威斯康辛大學東亞語文研究所碩士。1991年哈佛大學訪問學者。曾任《現代詩》主編，並為《現在詩》創社發起人之一。著有詩集：《城的連作》、《消失在地圖上的名字》、《特技家族》、《木冬詠歌集》、《關於故鄉的一些計算》、《我正前往你》、《田園／下午五點四十九分》等。

▌ 關於本詩

　　留白。

盡頭

李長青

路是這樣
蜿蜒的

忽明……
又滅……

路的盡頭
是這樣迷茫的

寂寞是這樣積累的
若有，似無的思緒盡頭
是這樣朦朧的

悔恨是這樣
逐漸明晰而清朗的

真實具體
盡頭的
心，是這樣
攤平的……

《人間福報》副刊 2014年4月2日

▎詩人自述

　　李長青，生於高雄，曾住臺南，現居臺中。國立臺中師範學院特殊教育學系、國立中興大學臺灣文學研究所碩士班畢業。曾任臺灣現代詩人協會理事，《中市青年》主編。現任教於小學，為《臺文戰線》同仁，靜宜大學臺灣文學系兼任講師，國立彰化師範大學國文系博士生。

　　詩作被翻譯成英、日、韓等多國文字，並選入國內、外多種選集。著有詩集《落葉集》、《陪你回高雄》、《江湖》、《人生是電動玩具》、《給世界的筆記》、《海少年》、《風聲》等。

▎關於本詩

　　2010年，因緣際會，我跟著中正大學臺文所江寶釵教授，以及幾位作家、詩人一同參觀了嘉義舊監，說起來，這是我生平第一次踏入監獄，雖然裡頭已沒任何囚犯。

　　與我相熟的朋友大約都知道，除了模型車，我極度「沉溺」於黑社會電影，尤其港片。我在嘉義舊監一些導覽的看板中，讀到了一些關於監獄的「知識」，加上親身處在那樣的建物環境裡，一時心裡竟頗有感觸。後來，這些心情促使我寫了一批詩，名曰監獄系列，共計二十一首。

　　這首詩就是其中之一。然而，讀者諸君自然大可不以監獄詩讀之。讀詩的樂趣，不就是如此嗎？

清明前夕

張堃

事隔多年
那籃素菓　還在
那束鮮花　還在
那壺水酒　還在
我閉目回想
僧人唸的經文
早已聽不清了
而低沉的誦經聲　還在

事隔多年
在你聽過的懷舊歌曲裡　沉思
在你坐過的椅子上　沉思
在你走過的散步小徑　沉思
想著　想著
細雨就綿綿密密地落下了
我再次閉上眼睛
聽你呼喚我小名的聲音
從那幀放大的黑白照片裡
幽幽傳來

而今春分才剛過
雨便迫不及待地下個不停

我側耳傾聽
清明時節還真是雨紛紛
只不過
我專注聽雨聲的聽覺
像起霧的視線一般
滴滴答答
也濕了

《自由時報》自由副刊 2014年4月2日

▌詩人自述

張堃，本名張臺坤，1948年出生於臺灣臺北。現寓居美國加州Tracy市。《創世紀詩社》資深同仁、顧問。美國詩藝協會（Poetry Society of America）、加州作家聯誼社（California Writers Club）會員。

詩作散見臺、港、中三地主要詩刊及各大報副刊，作品入選年度詩選與重要文學選集。曾獲全國優秀詩人獎、中華文藝獎章。著有詩集《醒‧陽光流著》（1980）、《調色盤》（2007）、《影子的重量》（2012）、《風景線上》（付梓中）等。

▌關於本詩

詩人對自己的作品侃侃而談，似乎鮮見精彩者。我只能說，這首詩旨在抒發接近祭祖掃墓之時，不由得深深懷念起逝去親人的心情。下雨正好呼應了唐代詩人杜牧的千古絕唱〈清明〉，而「清明時節雨紛紛」的情境，便一直映入在送葬的回憶裡。清明節尚未到來，思念先人的心，卻好像特別脆弱，感物傷懷，又逢雨天，不知不覺看的、聽的全都濕了，模糊了。

我的夢

孟樊

我的夢
有著女性婀娜的體態
有著長髮飄逸拖一縷芳馨
帶著她的后冠
將紫羅蘭色的晨曦
拿來妝飾我的心扉

她的雙乳飽滿而濡濕
如出生嬰兒的潔白
來自異邦沁人的香氣
築巢在我緊掩的心底
和我講述遠古的神話
那迷人眩惑遙遠的森森邊陲

她引出牧童的歌唱
在敻遼的星海中
起一座詩神的聖殿
傾注了我半生的想像
敏銳多愁而且感官神經纖細
是那戴奧尼索斯的迷醉
先是塗滿浪漫主義的火熱
繼而是象徵主義的迷濛
帶點神祕不可解的冷冷色彩

我這夢的曼妙女郎
穿梭我心靈的籬圍
以她的乳香
以她玫瑰色的肌膚
以她優雅的維納斯的線條
在黑夜的最深處地帶
織就了一張銀晶晶的網罟
布滿密密麻麻的詩句

她每晚就睡在這裡面
我這位患著官能症最最親密的妻

《聯合報》副刊 2014年4月10日

▍詩人自述

　　孟樊，本名陳俊榮，國立臺灣大學法學博士。曾獲中國文藝獎章，詩作入選各種詩選集。現為國立臺北教育大學語文與創作學系教授。曾長期於傳播界任職，並於國內外各大報刊開設專欄長達十數年，在中國文化大學、輔仁大學、東吳大學、南華大學等校兼課。曾任佛光大學文學系與臺北教育大學語文與創作學系系主任、香港浸會大學中文系訪問教授。出版有詩集、散文集、文化評論、文學評論、學術論著與翻譯著作，凡三十餘冊。

▍關於本詩

　　這首詩其實是發表在《吹鼓吹論壇》的另一詩〈睡在一起〉的姊妹作，都來自法國詩人布勒東的啟示。兩詩寫的皆是「吾妻」，都有超現實主義意象繁複的特色。但是〈睡〉詩運用濃郁的自動語言，令人目眩的意象如脫韁的野馬，難以收拾；而這首〈夢〉詩則沒那麼「重鹹」，把「妻」的想像置放在夢裡，委實較為溫暖，也更為安全，合乎情理邏輯。

來了如何

向明

和平來了
我該選擇往那一個方向逃
亦如少年時
一聲日本人來了
媽媽馬上把我拉在她腋下
只有躲在她那裡才可靠

戰爭來了
我該舉槍迎擊、還是
束手就擒，如那隻學舌的鸚鵡
反正不管如何表態
一樣都已非人
一樣要關進籠中

繁榮來了
要如何迎接這成群酒綠燈紅
要不要把憶苦變成思甜
還會把一塊錢當十塊錢用
裝成貧窮從未找過我們
啃草根樹皮只是久遠的噩夢

病痛來了

要如何迎擊這近身偷襲的敵人
體內的白血球當然不會善罷干休
一直母親般護衛我的觀音大士
會將楊枝淨水遍灑
便有白衣白袍活菩薩來聞聲救苦

（今年元月十四日攝護腺肥大緊急住院，期間寫了〈點滴瓶下〉、〈条碼〉及這首〈來了如何〉。今晨一早朋友來電話問是否反映當下現實，我說這是舊作，李爾克說詩不單是感情，詩是經驗。）

《中國時報》人間副刊 2014年4月16日

▋ 詩人自述

　　向明本名董平，1929年生於湖南長沙，軍事學校畢業，曾任國防高參，副刊編輯，詩刊社長、主編、專欄作家。出版詩集十二冊，詩話集及詩論集七種，散文集及兒童故事各兩冊，譯著一本。曾獲文藝獎章、中山文藝獎、國家文藝獎、詩魂金獎。世界藝術文化學院於1988年授予榮譽文學博士學位。

▋ 關於本詩

　　人在面對各種生存變化時的困惑、惶恐，以及何去何從的諸多感喟而已。也是個人一種極為無聊，無益的閒愁，不值一顧。

父親

龔華

1
病床上
他喉間發出的咕咕聲響
播滿了整座巨塔

依然飛不出去啊
他卡在那一扇永遠關不攏的
白色窗口

依然惦記著布穀鳥的催耕
日夜唱著
布穀啊　布穀

2
他坐著輪椅飛舞
搜尋每一個嘻笑的景物
天真的以為
陽光的氣味 可以
曬乾日後每一個潮濕的季節

3
他記憶的航道從不偏離

猶如北向天空的白色煙硝
凝結、展延……
他即將熄滅的眼眸依然堅定
猶如快門
定格在暈開時的最後風景

4
已成一種任性
他溺愛泛黃的時光
開倒檔的〈五月〉
抗戰史詩的《愛的故事》
一九五六的《聖夜》
全為趕搭遲來了六十六年的
歸鄉《帆影》*

註：父親為《布穀鳥兒童詩學季刊》創辦人之一，《 小白屋幼兒詩苑》創辦人。
〈五月〉、《愛的故事》、《聖夜》、《帆影》分別為父親的詩作或詩集名
稱。

《聯合報》副刊 2014 年 4 月 17 日

▌詩人自述

　　祖籍四川萬縣，1948年11月6日生於臺南新營。輔大食營系畢業，文
大中研所進修。目前擔任乾坤詩刊社社長、小白屋詩社社長、創世紀詩
社編委、中華民國新詩學會理事。自1997投入癌症關懷工作至今18年。
曾獲散文、詩歌文藝獎項，WAAC榮譽文學博士，ABI 2005年傑出女性，
TBCA關懷優良志工。已出版作品：《情思・情絲》（三民，1997）、
《愛過》（南縣文化局，2005），詩集《花戀》（詩藝文，2001）、《我
們看風景去》（唐山，2006），翻譯（英譯中）《鶴山七賢詩選》（普

音，2010）等共十本著作。

▍關於本詩

2013年9月9日，父親離世前三天，我在網拍書店奇蹟似的找到父親於1956年在臺出版的第一本詩集《聖夜》。這失而復得的驚喜，我不確定他是否聽得明白，卻永遠無法忘懷，那夜父親從昏睡中撐開了眼，指了指手機螢幕上的書影插畫，努力說了兩次「重慶山城」。

父親六十六年的鄉愁，無時無刻不為《帆影》所繫，「因它正駛向／媽媽呼喚我的方向」。《帆影》收集了父親抗戰時期的百首詩作，1946年交由四川《雲陽日報》出版，後因兩岸局勢變化，命運「生死未卜」，始終未能與父親見上一面。

從「布穀鳥」到「小白屋」，父親對兒童文學的念茲在茲，也是他寄情於文學生命的後期，而我一直未能落實《小白屋詩苑季刊》40期以後的接掌任務，心裡一直藏著一分很深很深的愧疚。

樟圍三首

楊牧

北濱

這一切始終都在我的意識裡
如海水見證新月轉圍
獨自的天——是我設定她
朝向晦澀的高度浮升,上漲——
而你必然也看見了,那裡閃亮
發光的不就是我們前生路過
留下的痕跡,不安的數位
寄居的殼?

冷風

紅磚暗澹砌就幾許
薄霜,隨即疏離
再無形跡。若不是
去年遺忘的苔,我想
難道冷風曾經無意間就留下
它殘存的思想且已細小著花
婉約不可抵抗?透明的
舊創對我浩瀚波及,升高
降落,照見誰顛覆的指紋
無限猶疑

行蹤

風的行蹤是你放逐的極限，須臾
幽微之間，如或人長久追尋
遁逃不及的出口。月光下
還有剩餘的動靜似藻菌
全面蔓延：問這一切誰是主人？
或率爾自新繪的天文圖反面
以孤星的姿勢盤旋而下，選擇
無時態的鐘樓重擊它飛霜的
胸牆：前此莫非來過？依稀迷失
找不到相約亡走的路

《聯合報》副刊 2014年5月14日

▌ 詩人自述

留白。

▌ 關於本詩

留白。

即景

鄒佑昇

數次看見後無語的這些景物
恐怕就是盡頭
候鳥轉折之姿挾藏在隱形的氣流裡
如排簫般搖曳的形勢也在等待
眾多言語後剩下的是呼吸
漸漸轉為哭泣

數次增明又轉晦的窗前
一只水瓶失去了色彩
不是某種傾斜下的匯流，或斂取
就只是分子就地裂解

說到等待，掌心有處永遠凹陷著在等待
契合之物被奉若神明
捨棄的自成別尊
兩張口不曾停止說話

有時不管看向哪一扇窗
是看向同一個長夢
有時鐵是全部
鐵樹林在夜裡有恆地完成葉尖

《人間福報》副刊 2014年5月15日

▌詩人自述

　　1987年10月生於宜蘭，三歲後定居苗栗。臺灣大學中文系畢業，現代詩社社員。於2013年末出版習作集《大衍曆略釋》。

▌關於本詩

　　就在這轉身，
　　廁身眾物的側臉；
　　初升的新月。

七行詩（五選三）

林豐明

魔鏡

魔鏡的故事為什麼
不是由這個民族創造出來

那麼長久的歷史
至少出現過一面魔鏡吧

的確有過說實話的鏡子
但因為說出實話被賜死了
只留下變成啞巴的子孫

分界點

要作一個對社會有貢獻的人
所有正面表列的總結論

不要成為社會的負擔
所有負面表列的概括詞

已經到了可以拿這兩句話
來期許下一輩的年齡
卻無法舉例說明二者之間的分界點

螢火蟲

怕有人提著燈籠找上門
才躲在陰暗的角落發光

沒有燃燒自己
也無意照亮誰

更未想過跳入汽油裡
以不致引發火災
來證明自己的冷

《笠》詩刊301期 2014年6月

▋ 詩人自述

　　雲林縣人，1948年生，畢業於高雄工專機械工程科，1972年起服務於臺灣水泥公司，歷任該公司花蓮廠課長、副廠長，和平廠建廠工程處副處長，2005年在花蓮廠廠長任上退休，現仍居花蓮。曾得吳濁流文學獎新詩獎，著作有詩集《地平線》、《黑盒子》、《怨偶》、《臺灣詩人作品集林豐明集》、《黑白鳥事》，文集《赤道鄰居》、《花泥春秋》等。

▋ 關於本詩

　　詩，不一定要寫繁複的意象，巨大的情境，一個突然出現的念頭，一個偶然降臨的感嘆，有時也需要詩的服務。對於後者，生平認為唐詩中的絕句，乃是詩文學的最完美形式，其他無以過之，近期嘗試仿絕句之精神，將心中所想凝結在有限的七行詩句裡，藉以淬煉精確的語言。

惠來遺址

江自得

千年前，小來的爸爸和哥哥們
在大肚臺地捕梅花鹿、野兔、狗獾
也在筏子溪捕魚蝦和食蟹
從臺地圓滾滾的腹部
他們窺伺月亮的子宮
從溪流凹陷的胯部
他們讀取星辰的慾望

千年前，小來的媽媽和姊姊們
燃燒枯枝烤青剛櫟和石櫟
也燒製陶缽和陶罐
她們把黃褐色的秋天拓印在時間的臉上

而小來，六歲就得重病的小來
枕臥火紅的地平線上
向他所屬的星座道別
他聽到風在樹林間哭泣
也看到烏雲在空中流淚
他小小的形體駝著大肚臺地和筏子溪
來到21世紀的七期重劃區
他俯身的葬姿和置於背後的雙手
承載飽滿的詞語和意義

他遺留在地層裡的小小居室
已容不下他被解放了的形象

破碎的陶片裡滿布聲音和記憶
千年來，他右下顎的小臼齒
每天不停地呼喊他的名字——
小來，小來，小來……

《笠》詩刊301期 2014年6月

▌詩人自述

1948年1月6日生於臺中，現居臺中市。

曾任臺中榮總胸腔內科主任（1982-2003）、高雄醫學院阿米巴詩社社長、笠詩社社長，現任《文學臺灣》雜誌社副社長。

曾獲第三屆陳秀喜詩獎（1994）、吳濁流文學獎新詩首獎（1997）、2004年賴和醫療服務獎、2012年臺中市文學貢獻獎。

著有詩集《遙遠的悲哀》、《IHLA FORMOSA》、《給Masae的十四行》等十二冊、散文一冊、電影《賽德克‧巴萊》主題曲歌詞。

▌關於本詩

留白。

蛇（三首）

方群

·之一·

沿著深秋他蜿蜒而來
選擇沉睡或者繼續徘徊
對女人的誘惑始終無法抗拒
對男人的抱怨總是難以釋懷

·之二·

沒有腳的思維
適合連結意象
容易象徵慾望

·之三·

如果你不曾凝視
關於存在與否的真相辯證
所有遠處或身邊的冷熱頻率
你，無法聆聽……

《創世紀》詩刊179期 2014年6月

▌詩人自述

　　方群，1966年生，臺灣師範大學國文研究所博士，現為國立臺北教育大學語文與創作學系教授，《臺灣詩學學刊》主編。作品曾獲：臺灣省文學獎、聯合報文學獎、中央日報文學獎、時報文學獎等獎項。著有詩集：《進化原理》、《文明併發症》、《航行，在詩的海域》、《縱橫福爾摩沙》、《海外詩抄》、《經與緯的夢想》，論文：《臺灣新詩分類學》及《群星熠熠——臺灣當代詩人析論》。

▌關於本詩

　　背負著原罪的蛇，既是享受墮落也是面對現實的象徵。本詩是由三首小詩組合而成的組詩，作品藉由三個看似不同卻又彼此相關的角度切入，充分體現蛇的動物特徵，並闡釋詩人對此的特殊感受。而除了對意象的追求之外，在音節韻腳的巧妙安排，也是詩人的用心之處。

母鄉、父鎮

陳少

母鄉·基隆

情緒招來漲潮和烏雲
想說的話鎖入一滴雨裡
雙手繼續對折毛毯，還在加班
汗是滂沱的西北雨
悶雷打在疲累不堪的午後
短暫的盹帶妳重新踏上
彩虹的山
妳的容顏是雞籠雨後
綻放的風

父鎮·瑞芳

山依然佇立在那
黑鳶依然盤旋
鐵軌運走煤礦，運走夢境
發生過的陰影還在
剛剛抽芽的種子陪同
腳印下山
在另一座山望著瑞芳
你的淚成為河

以湍急的回憶還原
山的形貌

《創世紀》詩刊179期 2014年6月

▎詩人自述

　　陳少（1986—），臺灣桃園人，元智大學財金系畢業，臺北教育大學語創所碩士生，個人創作簡歷為「勇敢的詩帶著不勇敢的人繼續往宇宙探勘」。

　　得過林榮三文學獎、全國優秀青年詩人獎、齊東詩舍「詩的蓓蕾獎」，擁有部落格「喜歡這樣子靠近宇宙」，作品入選《2013臺灣詩選》。

▎關於本詩

　　小學就讀基隆深澳國小的母親，每天上學要翻越一座山，經過礦場、鐵軌、草林，一路都不捨得穿鞋子，直到學校才洗好腳穿上。父親唸瑞芳瑞柑國小，聽過許多礦工的故事，我還來不及知道就被風吹散了；其實是他們——基隆和瑞芳，才有我的蘆竹南崁、我的五酒桶山。

汽車在臉上的皺紋飛奔

簡政珍

汽車在臉上的皺紋飛奔
突然記憶被壓平了
千年老樹少掉了年輪
一隻老鷹忘記了歸程
山脈遺失了山色
落日少了餘暉
人身消失了影子

汽車往水平線奔馳
水天一色是記憶的幻影
潮水湧動鷗鴣的啼聲
油輪的黑煙
猶如昨日的夢境
展望的是
洗清面目的晨曦

《創世紀》詩刊179期 2014年6月

▌詩人自述

　　簡政珍，美國奧斯汀德州大學英美比較文學博士。曾任中興大學外文系主任，創世紀詩刊主編，亞洲大學人文社會學院院長。現任亞洲大學外文系講座教授。著有詩集《歷史的騷味》、《浮生紀事》、《失樂園》、《放逐與口水的年代》、《所謂情詩》等十一種；論述專書《放逐詩學》、《詩心與詩學》、《臺灣現代詩美學》、《電影閱讀美學》、《第三種觀眾的電影閱讀》等十九種。

▌關於本詩

　　詩興來自一種奇想，皺紋是歲月的跡痕，若是汽車在這些紋路上飛奔，一方面是尋找時間，尋找過去，一方面在尋的過程中，反而壓平了皺紋，消除了記憶。於是，樹少了年輪，老鷹忘記歸程，連人可能都沒有影子。

　　延生的第二節，類似皺紋的水平線不是記憶，而是記憶的幻影，油輪的黑煙猶如夢境。如果真似假，假當真，這些夢境裡的黑煙在晨曦中也需要清洗。

雨來吲滴集 (六選三)

辛牧

曇花

剛勃起
就洩了

市招

前有市招曰：
不純砍頭

市招後
果然一堆蜂頭

*烏來沿路所見

以前現在

以前我們在一起
說了好多好聽的話
現在我們在一起
說了好多難聽的話

《創世紀》詩刊179期 2014年6月

詩人自述

　　辛牧，1943年出生於宜蘭羅東。少小懵懂沒讀幾年書就休學了。目前擔任創世紀詩雜誌社總編輯。著有詩集：《散落的樹羽》、《辛牧詩選》、《辛牧短詩選》（中英對照）、《藍白拖》。

關於本詩

　　這三首詩所要顯示的是時空變化人與人之間的無常和不可靠。

忘記帶傘的日子

宋尚緯

今天天氣很好，當我
看見窗外的鳥從窗外飛過
想撥通電話向你詢問
那邊的季節和語言是否
是否也晴朗閃亮如海上的鹽

總有雨天的時候，我知道
誰都有忘了帶傘的日子
你一定也有吧，在潮濕的屋內
覺得自己的雨天，世界的雨天
黯淡濕潤如烈日下的影子

我希望是晴朗的，即使你擁有
過多的雨氣充滿毛燥，起了毛球
也依然晴朗如自由的人
即使你知道在他們如淵的夢境中
是不自由且傷心脆弱的動物

我知道所有我不知道的，例如：
你的傷心，我的沉默，那些知道的一切
是每天陰鬱的海市蜃樓
窗外正下著雨，你打電話來
問我這邊的天氣如何是否如海上的鹽

我和你說是啊，正如海上的鹽
一切都晴朗閃亮，窗外的鳥
正從窗外飛過，影子貼在窗上冬眠
我的雨季一直沒來，一直沒來
像你一樣，我也忘了帶傘
但誰都有忘了帶傘的日子
誰都有忘記帶傘的資格

《人間福報》副刊 2014年6月18日

▌詩人自述

　　宋尚緯，1989年生，現就讀東華大學華文文學所。慶幸自己仍在這條路上，即使走走停停，也仍在路中。

▌關於本詩

　　沒有誰有絕對的權力去苛責誰。誰都有碰到雨天忘了帶傘的時候，誰都有渾身濕透的可能。

曖昧三行（二首）

林德俊

無字的情書

陽臺曬衣架上一件翻飛的白T
被風穿得鼓鼓的，又消下去
誰讓誰的心欲言又止

慢信差

銜著一顆小甜心飛往一個小天空
那隻酒紅色的鳥有點呆有點胖
等你用微笑搧風幫忙推一把

《自由時報》自由副刊 2014年6月24日

▌詩人自述

　　暱稱兔牙小熊，學生眼中的「小熊老師」。曾獲五四文藝獎、林榮三文學獎、帝門藝評獎等獎。著《成人童詩》、《樂善好詩》、《遊戲把詩搞大了》，編《保險箱裡的星星》、《愛的圓舞曲——聯副60個最動人的故事》等書。策畫過多項跨界文創活動。新著《玩詩練功房》（幼獅文化）。現任熊與貓樸實文創主人，臺灣藝術大學兼任講師。於霧峰從事友善土地的社區行動。

▌關於本詩

　　俳句也，起承轉而不必合，每一首詩都是開放式結局，三行詩特能顯其精要。

就是那時候

林婉瑜

不要在我很疲憊的時候
不要在我沮喪的時候
不要在我憤怒的時候
不要在我墜落的時候
不要在影子變淡的時候
不要在葉子褪色的時候
不要在火焰熄滅的時候

我們是會見面
我們是會相愛
某一個季節
某一天
某個地點
那時悲傷的故事已經說完
最後一片雪已落下來
憂愁的歌沉默
閃電撤退了
雷聲沙啞了
烏雲識趣地飄走
就是那時候
就是那時候
我們可以相愛了

《聯合報》副刊 2014年6月29日

▌詩人自述

　　林婉瑜，1977年生，臺中人，初始考入臺北醫學大學營養系，大二決定轉讀文組選擇休學，畢業於國立臺北藝術大學戲劇系，主修劇本創作。20歲開始寫詩，詩作曾獲第11屆臺北文學年金、林榮三文學獎、時報文學獎、詩路（www.poem.com.tw）2000年年度詩人、優秀青年詩人獎等。2007年出版詩集《剛剛發生的事》；2011年出版城市詩集《可能的花蜜》，為第十一屆臺北文學年金得獎作品；2014年出版情詩集《那些閃電指向你》。目前著手新的寫作計畫，以親情為出發，探討孩子的生、母親的死、人間喜樂病苦親密離散，計畫三四年後完成全新的以生命為主題的詩集，也預備出版第二本情詩集。

▌關於本詩

　　編輯葉雲平有次對我說：「婉瑜你擅寫情，所有的情。」我想他指的是親情和愛情。情詩集《那些閃電指向你》集結了有關愛的微妙想像，因為對「人」永遠懷抱著一份好奇與尊敬，於是察覺情感交流時的細節和重量。我把充滿期待感的詩和熱戀的詩放在詩集前半部，〈就是那時候〉是開篇第一首詩，愛情要在什麼時候開始？不要在主角狼狽不堪的時候，不要在葉子褪色萬物蕭索的時候，當悲傷的故事都說完、雷聲沙啞烏雲撤退世界安頓下來，一切就緒，那麼，讓愛情在那時候才好好地開始吧。

時代

李辰翰

那是一個遙遠而寂寞的年代
一切溫暖的舉動都顯得抽象
真實。那是功利主義之中
夢境與夢境
與某種疼痛之間微小的關聯

何時我熱切的控訴已然沉寂
世界賦予冷漠的氣質
時間賦予荒野
多數人習於造夢
想像自己正流浪著
正圍聚在灰冷的什麼之中
等待終能析出金屬般的光澤

《風球》詩雜誌11期 2014年7月

▌ 詩人自述

　　東吳中文系畢業，目前擔任出版編輯。認為詩集是實踐而非創作，詩人是態度而非頭銜，期待讀詩成為全民運動、銷售排行榜上詩集名列前茅。

　　Facebook：https://www.facebook.com/sadreturn

▌ 關於本詩

　　有時候總為了牢不可破的結構感到失望。二十一世紀，維繫世界的結構更加緊密了，人與人頻繁連結，我們如此接近，又是這麼的疏離。流離在與世界的各種關係中，終於感受到真正的孤獨，與孤獨背後仍未被構築的什麼。

無題（九選三）

初安民

（一）

我們陌生
如青綠萌芽的起始

奇蹟性的相逢
如果我是黃昏
你猶未見
那些——緩緩昇起
我對你的青春狂戀
我們這樣錯開了
時間與光陰
縱然全部的款款
猶疑

檸檬般甜酸的世途
苦於樂
或者樂於苦的長短調
都是無言的平板
深淵裡只有我
無救的
救援

一個無救的囚犯

（三）

可以說這是傾盆大雨嗎
一行
一排
一直
驚心的雨落聲
自遠方逼迫而來
一把傘的負荷
傘簷與屋簷垂落的雨水
是我嚎啕的今夜
抑或明晨
撐開的全世界？
一個人的狂奔，雨中

（四）

你來自外星嗎？
陌生的話語
藍色綠色還有
許多顏色
終究我們都會
一一遺忘，遺忘
沸騰時刻的哭笑
日誌

多麼多人的友人
面前，多麼多的陌生與
遙遠的友人
面前

粉碎的容顏
尋求一個再也找不到的調色盤

想化粧，變成你的顏色
你喜歡的顏色
剩下
你永遠不會理解的底色
老年時
給你
再給我自己

《乾坤》詩刊71期 2014年7月

▌詩人自述

　　成大中文系畢業，曾任中學教員、《聯合文學》總編，現任《印刻文學生活誌》總編輯、《短篇小說》主編。

▌關於本詩

　　留白。

卿雲高潔兮
——詩碑碣銘記周夢蝶詩魂

鄭愁予

遊子跏趺莆團修持孤獨
莆團每十年升高三千呎
冉冉二十年高過七星山
冉冉三十年高過大雪山
拔海四十年高過玉山頂
坐看卿雲爛兮廣寒依稀
騎樓乃開悟人寰之菩提
選擇今年悟得紫色之天宇
長身而起撇長衫著雲樓
緩步俯瞰鳥道唯夢喻之

而夢是母親的懷抱供遊子還魂為嬰兒
夢中勞苦娘親若五彩鳳蝶隨飛天西去
儿今取夢為名取蝶為字以思親為詩魂
儿左手一撇右手一鈎跪地雙手畫儿字
這儿字是尋母的雙翼取而不折繞星辰
生母歸位度母矣善童子持蓮花獻孺慕
憐儿愚痴曾坐等法相入夢好叫聲娘親
十多年後一少女詩人來尋前世的書攤
聆僧言武昌街高潔詩人乃此女前世身
周公夢蝶高凌玉頂潔若卿雲詩魂傳矣

▍詩人自述

鄭愁予（1933—），本名鄭文韜，河北寧河人，生於山東濟南，近年落籍金門。曾任教於美國愛荷華大學、耶魯大學、金門大學、香港大學等，曾任《聯合文學》月刊社社長。

▍關於本詩

本詩係作者為懷念周夢蝶之新作，運用大量周夢蝶詩句與佛教典故刻畫詩人形象，以「卿雲」況其人格與詩風之高潔，並詠讚詩人對母親思念之永恆真情，足見兩人彼此深摯的詩友交誼。

不要忘記我們曾經被喚醒

羅毓嘉

我們已習於
席地而坐，桅杆上太陽如煙升起
親愛的越近了晚上，我的心事
益發纏夾
有人唱起戰鬥的旋律
有人死守，有人吹嗩吶
給自己送葬。你剛愎的手勢
握緊在我們的掌心
親愛的，不要忘記
我們曾經被喚醒

只有罌粟花流出血來
啊久遠的春天在杜鵑的謝落裡
還化甚麼妝
去甚麼舞會呢
親愛的，舊日脂粉揉在發燙的路面了
你不要忘記
我們曾經被喚醒

兀鷹的盤旋之上還有
兀鷹的盤旋
親愛的，我再也抓不住別的東西
除了你

除了粉紅的童年
曾誤信了廢墟上燃燒的語言
在同個天井裡做不同的夢
花轎裡端坐的神明
袖眼眸已被流蘇遮蔽
你不要忘記我們曾經被喚醒

別拿權柄去敲甚麼沃土
別拿眼皮上的鮮花去安撫甚麼亡靈
決定不再去
甚麼圍城，管他甚麼棄子
甚麼太陽花生滿了休耕的農地
親愛的別忘記自己
別忘記你也曾經被喚醒

明天是深冬還是仲夏
十字路上，薄荷葉擰爛在醉的杯底
親愛的——雖然有人嬉笑
雖然深鎖了嬰孩的眼睛

被摘取是花朵的憂鬱
閉的門扉是憤怒的臉之原因
親愛的
我們已習於
席地而坐，發燙的路面
能有甚麼風景：
鴿子在密林裡啼笑
銀湯匙上女妖鎮夜歌唱了
不要忘記
都是我們曾經被喚醒

▌詩人自述

　　1985年生，宜蘭人。建國中學紅樓詩社出身，政治大學新聞系畢，臺灣大學新聞研究所碩士。現服務於證券金融資訊產業。曾獲文學獎若干，作品散見各報副刊。著有現代詩集《青春期》（2004）、《嬰兒宇宙》（2010）、《偽博物誌》（2012）、《我只能死一次而已，像那天》（2014）；散文集《樂園輿圖》（2011）、《棄子圍城》（2013）等。

▌關於本詩

　　有一個美好痛苦的三月你不要忘記我們曾經喚醒。

暴民之歌
聞318佔領立法院反服貿學生被媒體與立委指為暴民

鴻鴻

我們來了，夏天也來了
我們的腳步，可以溫柔也可以堅定
我們的聲音，可以優美也可以嘶啞
我們的拳頭，可以揮向天空也可以揮向不義
我們的心，可以是血的紅也可以是青草的綠
我們越過圍牆佔領這條街、這個廣場、這個堡壘
當別人把這裡當作提款機、當作傳聲筒、當作逃生梯
我們把這裡當作溫暖的搖籃，當作哺育稻米的農田，當作未來
之歌的錄音間
我們歌唱，對，我們歌唱
我們用歌唱佔領一個原該屬於我們的國家，原該保護我們的政
府，原該支持我們生存的殿堂
把它從墳墓變成子宮，從垃圾堆變成果園，從地獄變成天堂
甚至我們不奢求天堂，我們垂下眼睛，把這裡當作自己的家
今夜，原不相識的你我，在這裡多元成家
今夜，我們甘願做愛的暴民
就像五二〇訴願農民那樣的暴民
就像六四天安門學生那樣的暴民
就像把美麗島當號角的那樣的暴民
就像用野百合、用茉莉花改變世界的那樣的暴民

就像以自焚為武器的鄭南榕那樣的暴民
不過今夜,我們不焚燒自己
我們焚燒這嚴寒的冬夜
讓夏天一夜之間,來到我們眼前!

《衛生紙+》 24期 2014年7月

▋ 詩人自述

　　1964年生於臺南。國立藝術學院戲劇系畢業。曾獲吳三連文藝獎、南瀛文學獎傑出獎。出版有詩集《暴民之歌》等七種,散文《晒T恤》、《阿瓜日記——八〇年代文青記事》、小說、劇本、評論等多種。臺北詩歌節、新北市電影節之策展人。現為「黑眼睛文化」及「黑眼睛跨劇團」總監,《衛生紙+》主編。

▋ 關於本詩

　　聽聞反服貿學生攻進立法院當晚,我立即趕去聲援。一覺醒來,主流媒體卻一致定調這群學生是「暴民」。這個名詞在解嚴後的復活,讓我立即寫下此詩,到立院內外念給群眾聽。臉書上,這首詩兩天之間被轉了八百多次,也隨即被外媒譯為英文。後來四方田犬彥的《心悅臺灣》一書也將此詩譯為日文,收錄在記載太陽花運動的章節中。

小詩二首

白靈

1.山腰望宜蘭平原

最後一盞燈
像最後一場夢
來不及跳上
開往遠方的早班車
就被　清晨的鳥叫聲

給　　吹熄了

2.訪九份耆老有得

那些年，芒草搖一搖
就有金粉掉下來

老人們起身時
連葉子們都站住了動靜

一大清早，清楚聽得到隔鄰
有新人，正做著傳播花粉的事

後來日子就只剩傘骨了
闔起，打開，什麼都遮不住了

《聯合報》副刊 2014年7月3日

▍詩人自述

　　1951年生於臺北萬華。現任臺北科技大學副教授、臺灣「年度詩選」編委。作品曾獲國家文藝獎、新詩金典獎等十餘項。著有詩集《五行詩及其手稿》等十一種，童詩集兩種，散文集三種，詩論集《一首詩的玩法》等五種。建置個人網頁「白靈文學船」、「布演臺灣」、「乒乓詩」等十二種。

　　（ http://www.ntut.edu.tw/~thchuang/ ）

▍關於本詩

　　2014是臺灣「鼓動小詩風潮」的一年，詩壇破天荒有五種詩刊及文訊雜誌分頭刊印了七次小詩專輯，臺灣詩學季刊也在北中南開了七次「吹鼓吹詩創作雅集」，集合百多人次參與小詩創作活動，採匿名互評方式，此二首即是其中一次的討論作品。第一首乃在佛光大學凌晨下窺平原所得，朦朧間若靈光閃現。第二首是夜宿九份與風箏博物館主人夜談所感，繁華有時，葉落有時，所謂真貌，多為片面或臆想，難以深究。

彎曲的河岸
——致吾友鮑爾吉·原野

席慕蓉

激流河　額爾古納河　海拉爾河……

草原上　每一條河流
都竭盡所能地在轉換著流向
迴旋　往復　從不遲疑卻也不逞強
蜿蜒前行　這閃著光的曲折路徑
除了河流母親　還有誰
如此渴望去哺育去潤澤每一株牧草的心……

克魯倫河　莫勒格爾河　希喇木倫……

彎曲的河岸有細密的青草在細密地長
時時隨風傾斜　鋪展成起伏的波浪
像是在聆聽　從風中傳來
那古老的長調折疊著千年的喜悅與憂傷
如果順著青草傾斜的方向　更低　更貼近
親愛的朋友　我們
就會聽到河流心跳的聲音

土拉河　鄂爾渾河　鄂嫩河……

如果我們願意靠近
就會看見清澈的河水映著天光
白雲朵朵擠滿在流淌著的河面上
是的　　如果我們願意靠近
就會聽見河流母親溫柔的叮嚀　　她說
給我們的孩子寫珍貴的歷史吧
拿起筆來　　寫真正屬於自己魂靈的故事
寫地老天荒的神話　　寫英雄　　寫凡人
寫大自然的變動　　寫和諧　　寫戰爭
寫帝國的興滅　　寫故土的深沉
寫風　　寫雲　　寫駿馬　　寫河流心裡的話

閃電河　　額濟納河　　額爾濟斯河……

湍急或者和緩　　無數的大小河川
從東往西　　從南向北　　在我們的草原上
是無止無盡的彎曲河岸
蜿蜒前行　　這閃著光的曲折路徑
除了河流母親　　還有誰
如此渴望我們能聽見她心跳的聲音
反覆叮嚀　　拿起筆來　　拿起筆來
拿起筆來吧

就在此刻　　只有此刻
我們非拿起筆來不可
沿著彎曲的河岸　　準備紀錄　　準備轉述
親愛的朋友啊　　讓我們拿起筆來
趁記憶尚未成荒漠
趁心靈尚未乾枯……

《中國時報》人間副刊 2014年7月10日

▌詩人自述

　　祖籍蒙古，生於四川，童年在香港度過，成長於臺灣。畢業於布魯塞爾皇家藝術學院，專攻油畫。曾任臺灣新竹師院教授多年，現為專業畫家。出版畫冊、詩集及散文集等多種，並為內蒙古大學名譽教授、內蒙古博物院特聘研究員、鄂倫春及鄂溫克族的榮譽公民。

▌關於本詩

　　這首詩是寫給我仰慕的作家鮑爾吉·原野。多年來，他的作品如蒙古高原上的河川一般，蜿蜒曲折，潤澤了無數讀者的心。

　　可嘆現代人短視，只貪圖近利，完全不知草原能健康地成長，其實也牽連到地球上每一種生物的福祉與命運啊！

今晚所思

張繼琳

我想 第二次世界大戰後的
冷戰、革命、政變、軍事演習、區域戰爭以及
社會上所有爭吵、衝突、示威、抗議
加起來的總和 該可以壓縮成
一次 第三次世界大戰了吧

我想我會不會也貢獻了 相較之下
一些微不足道的仇恨
散播了一些煽動人心的言論
不知什麼時候 不經意說了
一句改變他人思想的話
導致尖銳、對立
雙方毫不留情的謾罵、攻擊

近日我閱讀大量歷史書籍 才發現——
「溫和 理性 只能創造 有限的歷史……」
今晚現在 我在屋內來回踱步思考
要不要前去調解
鄰居夫婦越吵越劇烈的咆哮

《聯合報》副刊 2014年7月15日

▍詩人自述

張繼琳。生於臺灣宜蘭，文化大學美術系畢業。曾獲聯合報、自由時報、中國時報文學獎等。著有詩集：《那段牧放的時光》、《角落》、《關於無敵鐵金剛的詩》、《關於女鬼的詩》、《午後》、《碎片集》等。詩集多半少量自印，於臺北少數的獨立書店寄賣。現為國中教師。

▍關於本詩

反正就是，第三次世界大戰已告一段落。從今天起，感謝網路、臉書、行車紀錄器、路口監視器等豐富提供畫面（甚至那小至我們個人的負面情緒），我們或許又能夠開始迅速累積第四次世界大戰的能量……。

生活的罅隙
——與卡夫卡〈蛇女士〉對望

楊宗翰

我曾在雨聲中感知妳
身體的邊界，在電話裡嗅聞
妳右肩的氣味，在E-mail間
敲打妳腰際的弧線

那將是一段長長的故事，抑或
一首太短的詩？時間凌亂，星河躁動
唯獨天地間一根羽毛
落下，輕輕覆上妳的睫

無邊睡意習習舒展
闔上眼，妳竟縱容我
釀夢為石，煉石成玉
玉裡封緘了一對交頸的呻吟

（陽光終究來襲，蒸發一切囈語禁忌）
在雨停的日子我不敢踏入妳
生活的罅隙，任憑萬千回憶鞭我以
浸了蜜的荊棘

《聯合報》副刊 2014年7月17日

▌詩人自述

楊宗翰，佛光大學文學博士，現為文訊雜誌社行銷企畫總監，東吳大學中文系兼任助理教授。著有評論集《臺灣新詩評論：歷史與轉型》（新銳文創）、《臺灣現代詩史：批判的閱讀》（巨流）、《臺灣文學的當代視野》（文津），主編《逾越：臺灣跨界詩歌選》（福州海風）、《跨國界詩想：世華新詩評析》（唐山）等書。

▌關於本詩

小說家卡夫卡的素描，線條簡單抽象，內蘊十足詭奇，總能引逗觀者遐思。某夜〈蛇女士〉走出紙面，徑自褪下她抽象的線條，以純粹溫暖的肉身襲向我，附耳低言：「你不是一個好詩人……因為你是一個過於誠實的情人。」

虎父

鯨向海

父親病了，身如火爐
我們探望他的心：一頭猛虎
應該金剛或熊抱他的痛苦？

頰骨突出的寂寞裡
躺在病床上，父親屬虎
未嘗不想起飛但他太臃腫
也許要往下跳但他太小膽
夢見了他自己的父親：
另一隻森然的動物

守在他身旁
拉好拉鍊，關好門窗
反覆檢查那些數字
將花換顏色，把頻道切遠了——
窗外暗雲是他的紋路
流星是爪痕

此後的時代，隸屬於他粗壯的咽喉
圍坐在他的墓影底下
仍不停吼叫著我們
那些壯闊的歉意

難以原諒的迷霧……

黃昏似虎
就算腐壞了，也不唬爛
琥珀中顯現之火眼金睛
繼續抵禦黑夜的降臨
他是我們的父親

《聯合報》副刊 2014年7月20日

▌詩人自述

鯨向海。

著有詩集《通緝犯》、《精神病院》、《大雄》、《犄角》、《A夢》，散文集《沿海岸線徵友》、《銀河系焊接工人》等。

▌關於本詩

對於「父親」，我們皆有強烈的情緒。無論是生養的父親，統治的父親，給我們信念的父親，萬古長夜層層疊疊的父親，字裡行間隱隱若現的父親……父親都有自己的父親，這之間亦有真愛有尊嚴，必然也難免不得已。只要我們臣服的地方就會出現父親，任何我們想揭竿抵抗之處也存在著父親。或許所有的父親都某一部分屬於虎，他們總有必須凶猛的時刻，這是父親的宿命，也是天下父親難以迴避的悲哀。

大雅麥田讀芒記

蘇紹連

我們一致的想法是
購買一些明亮的味道
來慶祝類似北方的季節
我們也可能放棄的
是控制情緒的顏色
改由憂傷自行刷淡

你知道嗎，你是輕緩的
聲音，穿梭在辭彙之間
你是節慶的氣氛，給我
幾種風格，我就
讀你幾種搖曳，也可能
暈眩和一點點信仰

約定明年迤邐而來
也可能我們結黨營詩而去
隔年你寫我們的關係，以
排比的形式，生育
許許多多的層次
親情友情愛情等等

等等，這些綿密的群性

也可能就是一生書寫
從冬天之冷寫到春天之暖
給我一讀再讀，讀出
一種茫茫，一種恍恍
不能翻譯的意象

我們一致的想法是
相互贈予體內的器官，例如
思維，例如感覺，例如
呼吸。我喜歡你的呼吸
就摘取給我吧。也可能
你也喜歡我的呼吸

這樣唱和一起一落的調
我們模擬著一吸一吐
這樣用呼吸讀著體內的
颼颼飛行的芒，讀著
騰騰升起的暖，也可能
在南方只是這樣過日子

附記：在臺灣，難得一見中部的大雅有麥田，近年均於二月底至三月間舉辦「小
　　　　麥文化節」。小麥的穗芒形態甚美，若有豔陽映煦，麥田則閃爍著金黃光
　　　　芒，充滿了春天溫暖的感覺。到大雅麥田讀芒去，是春天賞花的另一種選
　　　　擇。

《中國時報》人間副刊2014年7月24日

▎詩人自述

　　蘇紹連。後浪詩社（詩人季刊社）、龍族詩社、臺灣詩學季刊社成員。管理「吹鼓吹詩論壇」網站，並曾主編《臺灣詩學・吹鼓吹詩論壇》刊物。著有《驚心散文詩》、《隱形或者變形》、《臺灣鄉鎮小孩》、《童話遊行》、《草木有情》、《私立小詩院》、《學生小丑的吶喊》、《少年詩人夢》、《時間的影像》等書。

▎關於本詩

　　每年三月下旬，臺灣中部大雅的麥田，麥穗已呈彎垂，四月初即將收割。在收割之前，若是豔陽天，則麥田充滿交錯的金黃光芒，令人難以分辨：到底是烈日之芒，還是麥穗之芒？

打掃

隱匿

把你的碗盤洗乾淨，逗貓棒收在櫃子裡。
洗過的毯子上，仍然留有你金黃色的毛。
書架角落裡，發現一顆你不知何時偷偷吐掉的膠囊。
一整箱為你買的貓咪用品，甚至還沒拆封。
我以為你會喜歡吃的魚，丟進了垃圾桶。

每當灰塵揚起，深藏在四壁間的你，就會出來走動。
在門口傾聽鄰居的動靜，在窗臺上咬嚙一盆小麥草。
擋住我來回走動的腳步，把你的大屁股放在拖把上面。
那本當是甜蜜的，回憶緊追著我……

每當我停下來，你用你毛茸茸的額頭，輕輕貼著我的。
那時，我們不用說話，把眼睛也都閉起來。
我們一起回到了，那個最初，也是最深的睡眠裡。
我只能想像你現在也是這樣，你睡著了。
而睡覺正是你最愛的。所以，一切都很好。
曾經折磨你的病痛，都留在我這邊吧。
如今，就讓我一個人，慢慢地，把家裡打掃乾淨。

《自由時報》自由副刊 2014年7月28日

▌詩人自述

寫詩的人，貓奴。

有河book書店女主人。

已出版詩集《自由肉體》、《怎麼可能》、《冤獄》。

編著《沒有時間足夠遠——有河book玻璃詩2006～2009》、《兩次的河——有河book玻璃詩2010～2013》。

▌關於本詩

曾經為心愛小動物送終的朋友，應該都有類似的經驗，以為已經平靜下來的悲傷，在打掃家裡的時候，隨著隱藏於每個角落的灰塵而揚起……

星星的功課

葉日松

昨夜
一群小朋友
在天空的黑板上寫了許多功課
天亮後
路過的白雲
全部把它擦掉
沒有留下半個字

《文訊》雜誌346期 2014年8月

▎詩人自述

　　葉日松，臺灣花蓮人。任中學教師四十年，著有《葉日松自選集》、《北海詩情》、《葉日松詩選》、《百年詩選》、《生命的唱片》、《詩記那時風景》、《老屋个牛眼樹》（客語詩）等三十餘種。曾獲青年文藝最佳新詩獎、中國語文獎章、國軍文藝金像獎、中國文藝協會獎章。和近年的教育奉獻獎、臺灣文化獎、教育部傑出貢獻獎，客委會客家貢獻獎、文學傑出成就獎。作品有英、日、韓等多國譯本，《北海詩情》曾被行政院新聞局評選為全國中小學「優良課外讀物」。

▎關於本詩

　　我從小就喜歡看星星，在不同的時間、不同的季節、不同的心情之下，閱讀星星的詩篇。看星星、讀星星、寫星星，我總覺得是一種美學，是一種洗滌。更是找回童年的最佳途徑。本詩簡短純真，一氣呵成。畫面清麗，意境遼闊。字裡行間充滿了雅趣和童趣，也把孩子們頑皮搗蛋的戲劇性，作了適切的揮灑。結尾兩行，餘味無窮。

一起回來呀
——為農鄉水田濕地復育計畫而作

吳晟

向天敬拜
向地彎身
向歷代祖先訴說
感念，濁水溪平原遼闊
賜與我們，日日
和黑色土壤殷勤打交道
承續做農的行業

每一株作物都體現
我們溫柔的深情
見證我們強韌的意志
任寒氣、烈日，輪流試煉
任經濟的風潮
席捲過一遍又一遍

深深懷念起
水草搖擺、青蛙跳躍
魚蝦螃蟹漫遊嬉戲
泥鰍翻攪泥巴
水蛇草蛇悠哉出沒
蜜蜂、蜻蜓、蝙蝠、螢火蟲……

飛鳥從並不遙遠的過去
展翅飛了回來
穿越險阻的呼喚
回來呀，回來
一起回來呀

我們凝神傾聽
水田蕩漾的記憶
重新學習友善土地
彼此約束，相互打氣
（守護灌溉水源
拒絕使用化學藥劑）
耐心等待消失的
會再豐富回來

我們懷抱希望
向風伸展
向水找尋
向世間萬物證明
堅守，做農的價值
創造家園的美好
看顧島嶼的糧倉
是多麼榮耀

《聯合報》副刊 2014年8月3日

▌詩人自述

　　吳晟，本名吳勝雄，1944年出生，世居彰化縣溪州鄉。1971年屏東農專畢業，返鄉任教溪州國中，教職之餘，從事農耕。2000年2月退休，兼任靜宜大學、大葉大學、修平技術學院、嘉義大學等校講師，迄2007年。出版詩集《吾鄉印象》、《他還年輕》；散文集《農婦》等書。

▌關於本詩

　　在追求經濟發展的過程中，我們過度迷信開發主義，過度縱容高汙染產業，以致失去了太多美好的自然環境、失去了太多豐富的生態、也失去了太多樸實的人性。感嘆無益。唯有積極推動友善環境觀念，或許還有機會將美好的過去召喚回來，至少免於持續惡化。堅持不噴農藥、不施化肥、不使用除草劑的「水田濕地復育計畫」，正是吾鄉一群有心的農民組合，認真去實踐的一小步。

錯覺的旁邊

詹佳鑫

今夜，南方有火的玻璃
漸次反射死神的眼睛

不要看見。高速的碎石是錯覺
屋頂上丙烯瀰漫的夢，是錯覺

一條莫比烏斯環向下凹陷
紅綠燈傾斜自己：往憂傷的旁邊

眼眶的旁邊，蒸發錯覺
看見島嶼的角落，路都來了

都來了，更多隱形的管線
以義氣相互串連——

不捨而珍惜，遠方的路燈點亮
一盞一盞，記憶的眼睛

《聯合報》副刊 2014年8月10日

▌ 詩人自述

詹佳鑫，1992年生，建國中學畢，高二加入紅樓詩社，為寫詩之始。目前就讀臺大中文系四年級，已推甄考取臺大臺文所。素食者，努力去其本無，還吾固有。曾獲臺積電青年學生文學獎、全國學生文學獎、新北市文學獎、懷恩文學獎、教育部文藝創作獎等。作品選入《創世紀詩刊》、《中華民國筆會季刊》、《生活的證據：國民新詩讀本》等。

▌ 關於本詩

2014年8月，高雄氣爆事件震撼全臺。那些無法用科學明說的巧合，無法用文字解釋的苦難，總讓我們一再陷入眼淚的輪迴。有時想起，在實際的疏失歸責與災後重建以外，上天有好生之德，所謂「天災人禍」，是否仍是「人心」經歷千百曲折的投射與接收？累世隱形的因果業力勾扯牽纏，我們看不見悲傷的原因，卻往往承受殘忍與痛楚。此非傷害終極之歸納，迷茫之中，眾生如我仍願意相信，眼淚背後有祈禱，有醒覺，有一生努力復原的心願。

蜻蜓賦格曲

陳育虹

遁走，追逐
平舉翅膀
在湍流的五線譜
他們練習
雙聲部

賦格
高五度低四度
孤單的旋律順勢上下
並行，婉轉對位
成圓弧

主體與插入句
　　　　應答
　互屬
　　　自在進出
這密接疊置的技巧啊

世界縮小又擴大
張力與高潮
反覆呈現
發展，再現

緩緩停棲在一千顆

水珠的光影
一千個世界
馬賽克拼圖般
不再容許
分析

▌詩人自述

　　陳育虹。文藻學院英文系畢。生於高雄市。著有詩集《之間》、《魅》、《索隱》等六本，散文《2010陳育虹日記》及譯作英國詩人凱洛·安·達菲詩集《癡迷》等。2011於日本思潮社出版日譯詩集《我告訴過你》。曾獲2004《臺灣詩選》【年度詩獎】、2007中國文藝協會【文藝獎章】；入選2008九歌《新詩30家》。譯作加拿大詩人瑪格麗特·艾特伍詩選《吞火》將於2015夏出版

▌關於本詩

　　就是一首雙聲部賦格曲吧。旋律反覆呈現，發展，再現。遁走，追逐，並行，對位……不再容許分析。

我們的短視近利

P.F.

作文題目：我的志願

警察。消防員。科學家。醫生 。 老師。公務員。法官。

船長。郵差。建築師。律師。 工程師 。 廚師。記者。美髮師。

業務員。銀行員。富商。董事長。總經理 。 售貨員。會計師。

農夫。漁夫。獵人。總統。 立法委員 。 礦工。工人。

牧師。和尚。魔術師。包租公 。 清潔工。司機。醫衛。

攝影師。飛行員。運動員。明星 。 小說家。畫家。音樂家。

《好燙》詩刊7期 2014年9月

詩人自述

24歲,基隆人,高中畢業於北一女中,現就讀於高雄醫學大學醫學系六年級。因為不安於淡水,總在空氣中尋找海的氣息,隨時準備好了可以出發。走很多的路,走路的時候會幻想著自己也可以寫出一首好詩,很多詩也真的都是這樣寫出來的,沒有甚麼野心很容易滿足。曾獲得一些些文學獎的肯定。

關於本詩

好燙詩刊該期以「視力檢查」作為主題,試圖藉由字體大小的變化製造不同於以往的視覺感受,並使文字產生更多的可能性。以此為發想開端寫了這首詩,其實也只是一堆職業名詞的堆砌。可以以圖像詩解讀之,或可以想像小孩被關在夏日沁汗的稿紙方格中、被關在刻板印象強韌的建築結構中,用反叛或者接受的心情寫下這首詩,等等。

對話

夐虹

如果你不聽世界的音聲
世界的聲音便也不聽你

如果你停頓那愛
那愛便也停頓你

──海水說：我在岸邊，我淺淺
　　洄瀾說：我遇礁石，我也淺淺──

如果你深深想起童年的野外和友伴
如果你深深想起背過的古文和古詩
所有的美好，便也切切擁著你

《吹鼓吹詩論壇》19期 2014年9月

詩人自述

留白。

關於本詩

留白。

小詩兩首

孫維民

安養院

此刻，歲末的日光穿越樹枝
幻麗的影落在彎折的背
像力道不足的手掌，拍打濃痰——
星期天上午，親人們的探視

禱詞之一

我的境界需要開拓
〔主啊，我時常這樣祈求〕
　　以更多新的軟體
　　　　將我升級。

《吹鼓吹詩論壇》19期 2014年9月

▌ 詩人自述

孫維民，1959年生於嘉義。輔大英文所碩士、成大外文所博士。曾獲中國時報新詩獎及散文獎、臺北文學獎新詩獎、梁實秋文學獎散文獎、優秀青年詩人獎等。15歲開始寫詩。著有詩集《拜波之塔》、《異形》、《麒麟》、《日子》，散文集《所羅門與百合花》。

▌ 關於本詩

希望幾年以後，我還可以保有若干同情或憐憫的能力，還會為他人的苦難感到震動。我也希望，那時候，我仍然樂於當一名學生。

街景投影

隱地

一隻貓
在窗前
觀看街景

牠突然轉身
望著　正在喝咖啡的我

一室寂靜
因為貓的回頭
讓我讀到了
一首詩

《聯合報》副刊 2014年9月8日

▌詩人自述

隱地，從文藝青年開始投稿，已持續寫作六十年。1994年開始寫詩，已出版詩集七冊，2010年出版《風雲舞山》之後，基本上寫詩已收攤，一年偶得三兩首，只表示尚無法和詩斷情。

2014年出版了一冊《出版圈圈夢》，還編了《小說大夢》和《王鼎鈞書話》。2015年，正在寫回憶錄散章《清晨的人》。

▌關於本詩

當我2010年說，就詩的部分，我想提前打烊，詩神聽見了，從此祂再也不來敲我的門。

去年某一天中午，獨自在泰順街巷子裡的「米克諾斯」用餐，一隻貓在窗前默默觀景，而我在貓背後偷偷觀看牠。我知道詩神悄然又眷顧我，謝謝詩神沒有完全離棄我。

地表生活圖輿
——你剪去枇杷的乾肢

崔舜華

落雨前，你剪去枇杷的乾肢
照料薄荷、胡椒和九重葛

黃昏，人群翻掘彼此的軟土
每一雙手緊握指路的植株

我揹負最微型的廢墟
吮食時間根部的泥癬

你說：妳好好的，我便愛妳。
但我再也聽不見
雨落下，烏鴉在午夜失去耳朵

沒有石頭的海
原始巨大的水晶岩漿

你行走於浪尖
對愛一無所畏的遊牧人

我在深夜悄悄含裹自己
像永不癒止的花萼的皰疹

月引力將傷口撫平為珍珠
佩戴在永不妥協的心

《中國時報》人間副刊 2014年9月10日

▍詩人自述

　　崔舜華，1985年冬日生。編輯，寫字人妻，嫁蔡琳森。有詩集《波麗露》（寶瓶文化，2013）、《你是我背上最明亮的廢墟》（寶瓶文化，2014）。

▍關於本詩

　　對於敏銳的寫作者而言，現實中每一道細微不足道的皺褶，都像是一場無光的困局，一則傾向悲觀的預言，一分無可轉圜的晦色宿命。兩具脆弱的靈魂，衍生蔓衍著無邊無際的，悲傷，快樂，衝撞的痛苦，互相依賴的糖蜜，即使我們可能一輩子也不會變成強壯樂觀的人，但我們的心，我的心，卻可以是永不妥協的。

與祂上路
——有贈我癌

田運良

翻讀病痛,聆聽醫囑判決以至動手術那幾天
我們期望窺見誰會先協奏出生命的共鳴
並勇敢伸出青春,緊握對方的大夢……
我們都沉默了,沒敢交心掏肺表態
但那令對方引頸仰眺的巍偉
一定巨碩豐厚,而且壯美

此刻,大病巨痛就橫擋在壯年期前撒野
腫瘤成群竄入身內肆虐,結黨匿藏在腦裡作怪
更霸佔著肉骨膚皮
不斷咬齧壯志、吞噬宏願。
為了脫困突圍,且以電療化療果腹
用一輩子裝著想念,向對方需索未來
端出喧囂歲月作陪,在紀念碑上刻一千個故事
鐫值得被傳頌的重生歷程

就彼此靜心對坐著、互望著
我們捧唸著生死學的斷句
有平仄對仗、有抑揚頓挫
心靈無能盡讀的歷史書寫
註記了餘生的漫漫長長久久遠遠

要描寫很痛很難受的悲歡，極難極難
勉以慌懼忪忪提筆，以憐惜悵惘蘸墨
描紅這部生命大書的最後幾章

然而中年已不堪回首
感傷直向老病死裡孤注一擲，耽溺更遠的瞻望
我們所以滄桑，繼續深談新長成的繁華過盡。
悔恨剛發芽，邂逅過幾個季節
趁故事才要收尾、締結的緣還未變節前
我們誓將與所叛愛的諸神與魔，長相廝守至終

我們在遠離囂亂的驛宿不期相逢
暫歇息、再啟程趕路
下一段路途是穿越病後枯槁虛耗的荒野
往後將奔波於療程的後續悠長旅程
風風雨雨騷動襲攻，夢想更薄更隱晦
沿途景致勢必無比刻骨銘心
人生千里跋涉，一起與祂上路

《中國時報》人間副刊 2014 年 9 月 22 日

▌詩人自述

　　陸官機械系畢，飛彈作戰官退役，佛光大學文學碩士，淡江大學中文所博士班。現任《INK印刻文學生活誌》總經理。曾獲陸軍文藝金獅獎、國軍新文藝金像獎、教育部文藝創作獎、全國優秀青年詩人獎、青溪文藝金環獎、臺北文學獎、府城文學獎、南瀛文學獎、佛光文學獎、玉山文學獎、《創世紀詩雜誌》四十周年詩創作獎、中國文藝協會「文學創作類」文藝獎章等獎項。

　　著有詩集《個人城市》、《為印象王國而寫的筆記》、《單人都市》、《我書——田運良詩札》等詩集，散文書《有關愛情的種種美

麗》、《值得山盟海誓》、《潛意識插頁》，書評集《密獵者人語》、口袋書《愛情經過》、《與情書》等作品。

▌關於本詩

2014年初，我在臉書上貼出：「我今天交了新朋友──生命裡最值得禮敬的貴人，祂教我謙卑、省悟、寬恕、樂觀以對，祂教我全然放下，而我懵懵懂懂，才剛開始學習。」祂，正是一場危及生死交關的大病巨痛；貴人，則是主講這堂必修的生死學的紅牌名師。自此，我全勤無休、認命誠篤地修習這門人生課。

誌寫此詩，是記錄生死跨越的探索歷程，更是恭謹謙敬與祂一同遠走往後人生長路的邀請。我還有氣力書寫，可以寫出比生死更堅強的內在凝視，可以見證一段自我療癒的重生心酸，或是描紅這部生命大書的索引備註，以讓後繼來者按圖索驥，循線攀石踏澗也能歷險平安歸來。謝謝諸多文友的垂詢關心，我很好，和祂就正並肩行旅在詩的路上……

酒偈

楊澤

a
人在橋上過
酒在橋下流

人在橋下走
酒在橋上流

b
世事幾度滄桑
人生大醉一場

c
把一顆因注滿
酒液而腫脹不堪
且從頸部開始
垮下來的頭顱

齊沿切下
放到河邊蘆花叢
放在一卡舊皮箱上
讓它往昔日海口遊

流呀流 漂呀漂
整座眼前黃昏
還有，海天遙遙一線
還有，觀音山火紅倒影

乃如夢境般
熊熊燃燒起來

《為理想勞動：臺北詩歌節詩選 2014》 2014年10月

▌詩人自述

留白。

▌關於本詩

留白。

昨日之蛇

洛夫

昨日看到一條蛇
頓然起了一身雞皮疙瘩
我的雞皮它也吃
吃完後便溜進了草叢不見

不見並非不在
今天它又溜進我的體內
和尚們鄙之為妄念
我卻好好養著它
供著它，讓它成仙成佛

每逢喜慶佳節，風和日麗
它便醒了，從骨頭中欠身而起
溜出體外
到草叢裡去尋找它的毒牙
也罷
天，就讓它那麼藍著
淚，那麼鹹著

《秋水》詩刊 161期 2014年10月

▌詩人自述

淡江大學畢業，任公務員三十年，寫詩、散文、評論七十年，不同版本之著作六十餘部，創辦《創世紀》詩刊，並任總編輯多年。獲國家文藝獎等多項。1996年移居加拿大，晚年創作長詩《源木》，創立個人第二次創作高峰。

▌關於本詩

時時有一種陰冷而邪惡的東西在體內蠕動，牠藏得很深，乖乖地在體內酣睡，但一旦醒來便偷偷溜出體外闖禍。基督教說人有原罪，那就是這條蛇，一種唯以消除的態念，與生命、原罪共生共滅。

鳳凰晨雨

綠蒂

微風拂動鳳凰的光
細雨隱喻在薄霧裡
屏幕的冷光牽掛著千里外的問候

吳冠中蒼勁的畫意
沈從文邊城的文思
一路迤邐到水上樓閣
扶搖直上如在遠處的炊煙
土家族婦女搗衣溪畔
白鷺鷥紋風不動
如雕塑站立舟上
恆仰望天空
期待晨曦來揭開霧的謎底

春寒料峭倚欄
小雨去了又來
微微沾濕了懷念的舊鞋
楓 錯過了昨夜的酒興
雲煙 落了一地

《秋水》詩刊 161期 2014年10月

▌詩人自述

　　綠蒂，1942年生，臺灣雲林人，現任中國文藝協會理事長、《秋水》詩刊主編。曾獲中山文藝獎、世界詩人大會頒贈桂冠詩人獎；曾任野風文藝月刊主編、第十五屆及第二十三屆世界詩人大會會長。著作有詩集：《風與城》、《春天記事》、《夏日山城》、《四季風華》等十八種。

▌關於本詩

　　這是一首湖南鳳凰古城的記遊詩，以平白的文字描述古城的文思與畫意，並隱含旅情及鄉思。

山谷的聲音

趙天儀

向遠方的山谷
呼喚的時候
傳話過去了

山谷也回話了
卻是模仿的聲音
好像了解我心中的祕密

《笠》詩刊303期 2014年10月

▎詩人自述

　　趙天儀（1935—），筆名柳文哲，臺中市人，臺大哲學系學士、哲學研究所碩士，臺大哲學系助教、講師、副教授、教授。國立編譯館編纂。靜宜大學中文系、生態所、臺文系教授。著有詩集《菓園的造訪》等十多種，散文集《風雨樓隨筆》等、兒童文學《變色鳥》等、美學評論集《現代美學及其他》等多種。

▎關於本詩

　　〈山谷的聲音〉是一首抒情詩，但也是一首寓言詩。這首詩，一方面是向山谷呼喚，傳話過去。另一方面是山谷回話，「卻是模仿我的聲音，好像了解我心中的祕密」。這首詩的寓意，令人有一種美好的微笑。

在我們小心摺疊的房間

林禹瑄

最後一次談及你
像告別一個終日暴雨的夏天
所有雨傘都長著哀傷的姿勢
寫一封長長的信
假裝有所經歷，有所寬慰
摺疊好的情緒裡
有更為明朗的語氣

談及你，最後一次
來到假期末尾，週日午後失眠
打破水杯，丟掉襪子、手機
關上門，徹底成為無用的人
想像遙遠的街上有人相遇
隔鄰有人離開
從此不再相見，拼湊一些故事
從此都有完整的輪廓
用黏好的杯子喝水
感到日子有所損漏
在我們小心摺疊的房間
最後一次拘謹、堅決
坐下來，敲打自己
找一個裂縫

▌詩人自述

　　林禹瑄，1989年生，臺南人。臺灣大學畢業。有詩集《夜光拼圖》（寶瓶文化）、《那些我們名之為島的》（角立）。

▌關於本詩

　　所有故事結束後回到房間，才發現原來我們從沒離開——為是碰撞，其實只是自己的回聲；以為是向外探索，其實只是一路往內心深處挖掘；以為時間是打開，其實只是一層又一層謹慎又繁複的摺疊——世界再大，都不過是一個房間。

記憶大分
——致稻垣啟二先生

陳昱文

童年的顏色在ターフン加劇顯影。我永是
一尾拉庫拉庫溪中的臺灣爬岩鰍
被魚藤分泌的汁液醉迷於大分山區
記憶的饕客特愛享用這段十二年的日子。

一九三三年，我搭乘高千穗號抵達基隆港
再流轉至父親工作的大分駐在所
就讀大分小學校。不怕挨罵奔跑嬉鬧於
小學校與蕃童教育所，揣想那位布農哥哥
如何以布農語和山神密談？

我常在鋪著木板的賞月宴上
不停地想：月亮是不是媽媽用豆漿釀注？
月光暗淡時，是不是媽媽忘了放糖霜？

而今，我竟常在庭院裡的枯山水中
聽見黑熊與山羌的鳴叫
看見黃喉貂與藍腹鷴來回踱步

一九九九年二月，我搭乘玉管處的直升機
再次踏上ターフン。看著廢棄遺址裡殘存的藥瓶
我知道那些藥丸，在離開後的每日

被罹患鄉愁的我，按時吞服。

《創世紀》詩刊180期 2014年10月

▍詩人自述

　　1989年生。就讀東華大學華文所研究組。曾獲《創世紀》六十年詩獎、2014年優秀青年詩人獎、東華文學獎新詩組散文組首獎。報導文學作品〈無聲呢喃著故事的屋宇〉收錄於《共和流光》（2014年11月，花蓮縣壽豐鄉共和永續發展促進會出版）。

▍關於本詩

　　大分，布農語Dahun（水蒸氣之義），日語ターフン，位於花蓮縣卓溪鄉，為臺灣黑熊的重要棲息地。

　　經由田中實加女士的努力，2014年的年度關鍵字應有「灣生」，指日治時期在臺灣出生的日本人。〈記憶大分〉中的主角稻垣啟二，並非在臺灣出生，卻同樣在離臺後，思念著童年時期，待過的臺灣——花蓮大分。

　　我曾走踏瓦拉米古道，未抵達大分，仍深深被稻垣啟二的故事所感動。布農族、日警後代的歷史，如瀕臨絕種的臺灣黑熊一樣珍貴。我試圖透過詩，再現那些顏色、聲音與夢境。

匕首

謝三進

不是金屬
是語言

是銀灰的血
是阻絕
是形狀的創造者

是異國的神祇
速寫古文明
（不知名的召喚
正在發生──）

是橫越馬路的精神病患，亦或
不發一語的訪客

捽門。

是我投去碎裂的眼神
你將它刮出
犬科的低語

《創世紀》詩刊180期 2014年9月

▌詩人自述

1984年生，彰化人，畢業於臺師大臺灣語文學系碩士班，現任職網路新聞媒體。

創世紀詩社社員、《秘密讀者》同仁，著有詩集《花火》（寶瓶文化）。

▌關於本詩

人生變得完整的關鍵在於，終於可以不避諱提及那些並不光明的人性。比如威嚇、責難與恐懼。比如令人煩躁的愛之彆扭。

晚禱

紫鵑

我忘記這座城市
忘記更新與蛻變

忘記追逐
忘記有夢
忘記彩虹

忘記夜晚蛙鳴
忘記沈睡

忘記自己名字
忘記冰箱上行事曆
忘記關瓦斯

忘記遺憾
忘記一切忘記

忘記是脫水蔬菜
忘記似乾扁屍骸
忘記101大樓頂端避雷針閃電發出的光芒

和諧地

像瘋了一樣

《創世紀》詩刊180期 2014年10月

▌詩人自述

　　半人半喵、古里古怪、莫名其妙，頭髮日漸稀疏泛白的中年女子。熱情一枚、膽小無雙、怕蟑螂、怕聲音、怕暴力、怕血、怕死、怕說錯話、怕鬼、超級怕人。天天忙碌、天天開小燈睡覺。愛父母、愛朋友、愛人所愛的一切；愛書、愛吃、愛聽音樂、愛旅行、特別愛哭。儘量不沾是非、與「詩」無爭、能免則免遠離藝文圈。

▌關於本詩

　　自從2012年母親罹患帕金森及輕微阿茲海默症之後，在沒有兄弟姊妹之下，生為獨生女的我，責任更重大了！

　　一日安撫母親直到睡著，我回到自己房間，疲憊不堪立即倒在床上。我內心五味雜陳，能做的真的很少，僅能盡力而為讓她減緩不適的感覺。

　　我想像母親內心的煎熬，想像她一點一滴遺忘自己的無奈，那流失的美麗青春，那豐饒的一生，到最後僅剩下微小的火苗。

　　這是人生啊！

　　而我，
　　始終無法痛她的痛。

鎮魂
——為倖存者而作

郭哲佑

從我的左側侵入
但沒有什麼新的陰影
草依然是草
無論是否願意
獻出委屈的露水

我只是一再攤開自己
在時間面前
兌換出走的人
讓他們快走，奔跑
涉過久久一次乾涸的溪，留下腳印
等待你經過
見證水線蔓延
曾經淹沒我的左胸

如果一切都還在
而你不再回頭
這些年，我作了許多替身
為你鎮守浮動的山河
讓黃昏落下，沒有疑慮
讓你入睡
明白我已消失

《創世紀》詩刊180期 2014年10月

▌詩人自述

1987年生，臺大中文所碩士班畢業。建國中學紅樓詩社出身，曾任風球詩雜誌主編，自印詩集《間奏》。

▌關於本詩

此詩嘗試從「死者為生者鎮魂」的角度來寫，透過擬代的口吻，同時也希望為所有死者找到安穩的歸處。

寡情詩 （七選三）

蔡琳森

「言寡情而鮮愛，辭浮漂而不歸。」——陸機《文賦》

I　如果

如果妳像星期日，像星期日不太劇烈的陽光
像一受了傷的怯懦的毛囊，像一遮帘下
我想像中完美的窗明几淨

IV　不成文以致無法兌現之約定

我在牆上鑿了小洞，置入一隻糞金龜，彌封洞口。
如果，妳那邊也如是演練，兩隻糞金龜終有一日會相遇……

V　雪花水晶球

寡情從遠方給我寫信，說她累了
需要休息，說她只需要一個空間繞以玻璃。
透明封閉
輕輕搖晃
雪飄落地。
我又夢見寡情，寡情不發一語
她看起來累了，她需要休息。
清醒過來

不見行李

沒有人影。

我怯懦且負氣，我沒有得到回應

床邊有封信，寫著：Tous les deux enlacés。

註：Tous les deux enlacés：法國香頌〈生命的漩渦〉（Le Tourbillon de la Vie）歌
　　詞，意為「我倆無止盡地相擁」。

《創世紀》詩刊180期 2014年10月

▌詩人自述

　　蔡琳森，1982年生，命中缺木，得外公賜名。編輯人夫，娶崔舜華，
有部落格「杜斯妥也夫柯基」。

▌關於本詩

　　這是自由市場邏輯下的一次交換經濟。我以一段關係，交換眼淚、幾
度淺夢、一間獨居顯然過大的租賃套房、一個名為「寡情書」的部落格與
數萬字，還有這首組詩。它們看上去像影子，時長時短、有深有淺。生活
繼續遂行其他交換，除了「寡情」，仍有其他不同的叫喚，有時在正午烈
陽下，有時在沒有陰影或全是陰影的地方。最後，我慢慢記不清現實裡的
寡情，詩裡流露的情緒也開始變得陌生。有時我甚至覺得自己才是寡情。
最後，寡情慢慢成為一種已然的匱缺，一種尚未的剩餘。

建築法

顏艾琳

妳用笑容打開我的夜晚
你用肩膀圍起一個世界
妳流動的髮香是枕頭上的安眠曲
你的體溫是治療我失眠的特效藥
妳的溫柔是我回家的鑰匙
你呵護我脆弱的堅強
妳懂我不為人知的倔強

你是骨架
妳是血肉
「我們建築了自己。」
「一半和一半,是一個愛情。」
相遇之前,沒有藍圖。

《創世紀》詩刊 180期 2014年10月

▌詩人自述

　　顏艾琳，臺灣臺南下營人，輔仁大學歷史系畢業、臺北教育大學語文創作所肄業。著有《顏艾琳的秘密口袋》、《抽象的地圖》、《骨皮肉》、《點萬物之名》、《她方》、《微美》和《詩樂翩篇》、《A贏的地味》等詩集與圖書；主編過《生於60年代——兩岸60詩選》（與潘洗塵合編）、《金門詩選——戰爭卷》、《金門詩選——風景卷》(與方群合編)、受邀北京、上海、港澳、廈門、福州、大理、武漢、潮州、貴州、常熟等各地官方或民間詩刊之邀，編選臺灣詩選約十幾次。重要詩作已譯成英、法、韓、日文等，並被選入各種國文教材。曾獲出版協進會頒發「出版優秀青年獎」、創世紀詩刊四十周年優選詩作獎、文建會新詩創作優等獎、全國優秀詩人獎、2010年度吳濁流新詩正獎、兩岸桂冠詩人獎等獎項。

▌關於本詩

留白。

飄浮的雲

蕓朵

那些如煙如風吹過的
在捲曲的火光中
靜寂

片刻暫歇
便只有晴空的藍
天

你說的那些話與那些人那些事
早就化為一張紙上的容顏

雲飄在空中如散步去的流霜
歲月依舊走著那些錯與對是與非
你靜著了
再度

沒有什麼比一天吃三餐
睡午覺
眼前一切若真若實
沒有比這些
更需要你

而你更需要
眼前

《乾坤》詩刊72期 2014年10月

▍詩人自述

　　蕈朵，本名李翠瑛，臺灣臺中人，元智大學中語系副教授。曾以蕭瑤為筆名，獲得全國宗教文學獎散文組貳獎。詩作收錄於《2012臺灣詩選》、《臺灣生態詩》、《小詩隨身帖》等，出版詩集《玫瑰的國度》（2012），著有《雪的聲音——臺灣新詩理論》、《細讀新詩的掌紋》、《孫過庭書譜中書論藝術精神探析》、《六朝賦論之創作理論與審美理論》等。

▍關於本詩

　　抬頭望向遠方，飄散的雲如行走於天地的旅者，天空廣大，蒼穹無垠，包容著人世間的是是非非。晴空的藍天彷彿訴說著詩般的寂靜與煙般消逝的時光，然而，當一天和尚敲一天鐘，生命雖如飄浮的雲，心雖然可以超越時空，但生活卻是務實的。眼前，是現實的也是虛幻的，是虛幻的夢，也是真實的人生。

唸予阿嬤个詩（臺語詩）

吳東晟

阿嬤，我轉來了
你今仔有佇咧無？
醫生講你已經出國了
坐著舒適个飛行機，已經起飛了
眠床邊有一陣一陣沉香个香味
要飛去有七寶琉璃个佛國淨土
天頂个雲，是接引个蓮花
阿嬤，你就放心去遊覽

阿嬤，大家攏轉來看你了
大家攏足想你
你若愛食蔭豉仔，咱就來食
愛食鹹糜，就來煮
愛食雞尾椎，就來買
嘛倘好食海苔，飲茶米茶
哪熱就來食挫冰，食了足涼心

隔壁个火雞囉囉囉佇叫
高速公路个車一臺接過一臺
今仔看電視有較明無？
ラジオ佇收有清楚無？
阿嬤，我想繼續解釋新聞予你聽

不過我復較想要聽到你个笑聲

朋友攏知影我个阿嬤足特別
講阿嬤个想法和人無同款
我復想要和伊講
細漢佇學校，佇學識字个時候
看到慈悲、慈祥个慈，這個字
我就感覺識真久了
今仔想起來，因為這個字
就是阿嬤个面容
我練毛筆字，知影有孝个孝字
我寫了不美
阿嬤，我跟你學慈悲个慈
按怎寫好不？
你毋免教我按怎拿筆
毋免教我字典按怎解釋這字
你教我按怎用關心、用疼愛、
用煩惱、用寄望
來甲慈這字寫得這麼水
我若學會曉，
後擺會寫予你个杆仔孫看
我會夆伊來看你
跟伊講，阿祖佇作菩薩了
你若感覺到幸福與平安
彼就是，阿祖寄我這
要留予你个

《乾坤》詩刊72期　2014年10月

▎詩人自述

　　成功大學中文所博士候選人，大學講師。曾任《全臺詩》計畫專任助理，現為《全臺詩》編校委員、《乾坤詩刊》古典詩主編。著有現代詩集《上帝的香煙》、古典詩集《愛悔集》，古典詩現代詩合集《並蒂詩情》（六人合著）。

▎關於本詩

　　這首詩是五年前阿嬤過身時，守喪期間寫給阿嬤个詩。阿嬤不識字，也未曉講國語，因此平常罕得寫臺語詩个我，才會用臺語寫這首詩，而且佇家祭時，公開來唸這首詩。當時我感覺阿嬤有佇現場，阿嬤也甲意這首詩。唸完時，一隻白色个蝴蝶飛倚來，停佇我个頭頂。

銀河間隙裡的突梯遠雷裡的什麼鬼謎團，像是在惡地形裡走板的很壞的十三個片段。（九選二）

葉覓覓

01

祂偷偷餵樹吃藥
發給每個人一組生日編號
私自排定每個人出發的順序
將祖譜合盤收割
預藏所有的解答
那是第7天
星星降臨我的窗戶
躺成一條海波
極為普通的歌因此得以神聖

02

在桌上刻出一面鏡子
綁在你腰間我腰間還有
美麗和醜陋的臉
說著軟軟的話
飄著清湯掛麵的幽香

露出烏暗的蘚
我們把手拍成紅色氣球
一路穿過午後的騎樓
並輪流在號誌底下小便

《聯合文學》360期 2014年10月

詩人自述

　　葉覓覓，東華大學創作與英語文學研究所、芝加哥藝術學院電影創作藝術碩士。以詩錄影，以影入詩。夢見的總是比看見的還多。每天都重新歸零，像一隻逆流產卵的女鬼或鮭魚。作品曾獲聯合文學小說新人獎、國語日報兒童文學牧笛獎、義大利羅馬影像詩影展最佳影片等。著有詩集《漆黑》與《越車越遠》。

關於本詩

　　這9首詩其實不是我寫的，是9本詩集一起合力寫的。兩行長長的詩題也不是我寫的，是9本詩集的目錄推派出9位代表，一起寫的。

　　我先翻開第一本詩集，憑直覺挑出某一行詩，再根據那一行詩的線索，在第二本詩集裡尋找下一行詩，集滿9行之後，便按照音樂性調配它們的位置，如果有哪一句的氣不順，就再找新的一句。9本詩集有9種不同的個性，可是當一個詩句被獨立抽出來時，它的質地就會比較接近原物料，很容易跟其他句子交溶成一片。

　　通力合作的9本詩集為：

　　羅毓嘉《嬰兒宇宙》、李雲顥《雙子星人預感》、任明信《你沒有更好的命運》、何俊穆《幻肢》、鄒佑昇《大衍曆略釋》、夏夏《小女兒》、若斯諾·孟《臍間帶》、葉覓覓《越車越遠》、葉覓覓《漆黑》

加薩走廊

阿布

歷史經過這裡
但只有苦難留下

火箭與坦克經過這裡
只有死亡留下

記者曾經來過這裡
相機帶走許多無聲的臉
但報紙上的譴責聲明很輕
風一吹
沒有聲音留下

空襲暫停的午後
學校倒塌了
醫院倒塌了
一顆足球等待不到笑聲
一件白袍沾滿了灰塵
走廊的盡頭
還看得到光嗎
只有雜草與恨
在瓦礫堆中萌芽

▌ 詩人自述

　　精神科住院醫師，著有詩集《Déjà vu 似曾相識》，預備出版第二本詩集《Jamais vu 似陌生感》。

▌ 關於本詩

　　2014年初，我一個人走過巴勒斯坦的約旦河西岸：從北部的傑寧（Jenin）、那布勒斯（Nablus），到南方的伯利恆（Bethlehem）與希伯倫（Hebron）。我看到綿延數公里的種族隔離牆、遍布四處的檢查哨、以及被以色列人佔領的街區。數月後，當全世界都在關心世界盃時，傳來以色列轟炸加薩走廊的消息。我想起巴勒斯坦那些溫暖的人情，他們有好多故事想讓全世界的人知道，卻沒有人聽。

　　故有此詩。

頹廢禪

陳顥仁

把生活過得越來越修行
吃飯時候就吃
飯以外的事情不想
如果不小心想得太多
怕深陷

窩在文學裡像打坐
聽憑
孤單和魔鬼交纏
他們說越是靜定幻象越嘈雜
你果然好吵
你跳著舞
你裸身
你在我途經的句子裡仰躺
你看我如同
你不曾吃我

把六識慢慢放掉
我暫時不愛你了我不愛你了薩婆訶
剝去你遺留的什物像剝掉
蓮花瓣
乾燥後適合焚燒

使我香氣
使我想你的嗅覺變得具體
夏日是道場
你是我的金剛經

容許我作一隻半脱的宅蟬
保持褪去直到度不完的假日紛紛墜樹
讓慾望出竅
我與水泥牆對坐
等蒸蒸的鳴嘶淡去
再吻我
再用你的唇急報我
愛情已然收復了末法時期
翻飛的紅旗已沿街
如我遲遲
張開的眼瞬
虔誠的擁我並
輕輕喘息
我可以是你失落但是復又
古銅於日光下
溫熱的高棉

如是我聞
三條街以外的工程使我失卻數日電力
早課是被烈日盥洗
我依舊敲你像
敲響木魚
早午齋也許共進麥當勞？
還在嗎？　（菩馱夜）
在幹嘛？　（菩馱夜）

可以想我嗎？
菩提葉　菩提葉
假使你在路上隨意掐斷一莖
都如此
乳白而黏稠

《中國時報》人間副刊 2014年10月3日

▋ 詩人自述

現為東海建築系學生，整個人都溺在裡頭。

寫詩，那是對於一切一切的柔軟緩衝。

▋ 關於本詩

太過斷裂之後，寫一首詩讓自己重新與生活接軌。

思緒像是遺址，但是總是信仰

遠方遠方，明亮而溫柔的光。

搖椅上的人類學家

黃岡

人類學家在書本裡跑田野
這裡有破茅房，也有紋面女
文獻回顧是山脈
口述紀錄是河流
一開水龍頭
老人的口水便嘩啦嘩啦流出來
聽泉 洗耳
再用一根獸骨剔牙

人類學家在攝影集裡跑田野
鳥居龍藏跑在前面
森丑之助後面跟著
哎、哎小心皮箱別掉了
穿越橫斷越嶺、合歡古道
一個生番腰跨彎刀斷在路中央
劈面那刀鋒比月色還寒
險啊，真險
差點落的是丑之助的腦袋
千山萬水、長空無垠
這張奇萊空拍煞是好看

人類學家喜歡在夢中做田野

卜一卦吧
看看明日打獵是吉是兇
醒來那番還站那兒瞅著
不累不煩
南國薰風火辣
獸皮衣裡裹著的是一個
馬凌諾斯基的夢

《自由時報》自由副刊 2014 年 10 月 5 日

▌詩人自述

　　黃岡源於祖父的賜名，看本名黃芝雲才知道是女生。1986年生，文字工作者，劇場公關，有時在NGO打雜。曾獲林榮三文學獎、葉紅女性詩獎、楊牧文學獎、全國優秀青年詩人獎，著有《是誰把部落切成兩半？》詩集。

▌關於本詩

　　「搖椅上的人類學家」脫胎於人類學的觀念。早年在「田野調查」尚未盛行之時，軼聞、商旅奇聞、風俗傳說常常是人們片面認識地域的方法，直到民族誌之父馬凌諾斯基親身實踐到田野地全盤「蹲點」，瞭解當地文化、做實質的採集紀錄，方才開啟了一種新的認識地域之觀點。民族誌其實非常鮮活好讀，寫作此詩是在提醒自己，不要沉湎於其中，要起而行親身觀照。

晚來聽潮

邱懋景

一百個日子
一百種浪花翻騰的日常
有海燕低飛時
我記得特別清楚

意識
如石子拋擲入海
如老人與狗在海岸步行
如柴油火車頭達達向南

初登的島，塔光閃爍
舊日如海下寂靜地屏息
山羌在懸崖邊吃草

你問我：在想什麼呢？
目光熟悉在黑暗的注視下

海水齧咬陸岸，像即襲
病症，又像安撫沙灘上的人
每一顆尚懸的心

《中華日報》副刊 2014年10月8日

▋ 詩人自述

　　1988年生，銅鑼客家人。新竹高中畢業，臺灣師大噴泉詩社出身，現就讀臺灣大學臺灣文學研究所。喜歡在戲院看電影、在外野看棒球、在榕樹下聊涼、喜歡一個人大於很多人的時候。

▋ 關於本詩

　　2014年是我人生轉折的歲月，許多來不及發生、或已發生的事，皆似遠非遠地離人而去。一整個夏天傍晚，我在太麻里海邊看海、目光望向遠方的島嶼，消磨經驗帶來的憂傷。

生活

林梵

我們今天不可能預見
我們明天將知道什麼
甚至我們今天不可能知道
我們明天要死還是會活

我們只能為當下而拚一口氣
為當下而活，工作
欣賞美景享受生活
看雲、聽海，融入自然的懷中
如嬰兒在母親子宮
安安穩穩生養
在宇宙裡胎息

靜待明天的到來
一天又一天
滿懷著期待
生活過每一天

《中國時報》人間副刊 2014年10月10日

詩人自述

　　林梵，臺灣臺南人，1950年生，本名林瑞明。臺灣大學歷史系研究所碩士，曾任日本立教大學研究員、國家臺灣文學館館長，現任成功大學歷史系、臺灣文學系合聘教授。著有詩集《失落的海》、《流轉》、《未名事件》、《青春山河》、《海與南方》。

關於本詩

　　生命在呼吸之間
　　自然是我們生命的母親

星星之下

印卡

一座橋，圍繞它說話的
僅僅是黑暗
但說的從來不是工人的歷史
冷冷的鋼筋
包覆著磚與混泥土
用這樣姿態
保持沉默
永遠彎著腰
尋找著人類歷史被隱沒的一半

繼承著一條
不輕易改道
我們現在的河流
彎過富人的安全之所
工廠與農舍，一座橋
看起來就是空掉的腹腔
任著飢餓之聲
沖刷而過

不能送走的只有自我
任意讓周圍的樹枝
或是花朵庇護著

最沉靜的部分
沒有影子需要在這裡退縮
憂鬱中混入憂鬱
不安世界中忠誠的硬骨
被磨成礫石，或是更細柔
在一只沙漏
流進過去與未來的縫隙

《自由時報》自由副刊 2014年10月14日

▍詩人自述

著有詩集《Rorschach Inkblot》，作品曾收入《港澳臺八十後詩人選集》、《生活的證據》、《暴民畫報》等，現為《秘密讀者》編委之一，線上雜誌 Bios 評論專欄與 Mplus 詩文化專欄。

▍關於本詩

敬畏事物，讓一座橋延展歷史中可說與不可說的。這首詩以橋為界，將生產與消費分離，生產被凝聚於物質性之中，一座橋的生成鮮少被提及；而消費一座橋所溝通的成為地景風貌。橋作為中介與通道，存在著持續的協商，透過許多細節這首詩理當可以有更多不同版本的表達方式。在詮釋即是美學的信念下，讀者不妨也思考一下臺灣能有什麼「有效的歷史意識」，寫實主義是否在這座島嶼不曾討論過其的宏大與細微風格的差異。單純讓時間消彌「不安世界中忠誠的硬骨／被磨成礫石，或是更細柔」，送走的是因為事物的輕盈或是我們從不在意呢？

今天，您們打開傘了嗎？
──給我遠方的朋友

林煥彰

今天，天氣如何？
我這兒還好，有一點陰
有一點兒悶；我已經習慣
戴一頂漁夫帽，
但不捕魚
有一些風雨，或大太陽
都不怕。

今天，你們打開傘了嗎？
你們那裡，氣象可好否
下雨了嗎？
或出大太陽，或下催淚彈雨？
或棍棒揮打血淚雨？
或胡椒噴劑細雨濛濛？
你們都打開傘了嗎？

這一陣子，我心裡總是
悶悶的，
我心裡，總是在下雨
不住的流淌著無聲的血淚雨；
傘是必要的，最卑微

最輕便的，
人人需要的保護傘，
打開吧！打開吧！
快快的打開——
紅色的傘，
黃色的傘，
藍色的傘，
綠色的傘，
青色的傘，
橙色的傘，
靛色的傘，
紫色的傘，
白色的傘，
黑色的傘，
灰色的傘，
透明的傘；都打開吧！
人人都需要，在自己的心中
正正當當的，
撐開一朵保護傘。

《聯合報》副刊 2014年10月15日

▌詩人自述

　　林煥彰，臺灣宜蘭人。2006年底自媒體退休後，自稱在「周遊列國」；從事詩、畫、兒童文學等創作，在國內外講學；並在泰國、印尼、新加坡、馬來西亞及臺灣等國家提倡六行（含以內）小詩寫作，先後在曼谷、新加坡、馬來西亞、蘭陽成立「小詩磨坊」，出版十餘種合集。現任《乾坤》詩刊、《兒童文學家》雜誌發行人兼總編輯。著作已達百種，部分作品被新加坡、大陸、香港、澳門、臺灣中小學語文課本使用，並譯成十餘種外文發表和出版。

▌關於本詩

　　留白。

憂鬱的邊界

銀色快手

有些時候
從樹影的軌跡
可以觀測出
雲的流浪

有些時候
海水不是那麼安靜
懸崖邊的小草
渴望一場暴風雨

有些時候
必須用鮮血
去染紅
青春的衣裳

有些時候
世界是沉默的
巨大墳場

情願把你
埋在胸口
期待它開出
美麗的花

《人間福報》副刊 2014年10月16日

▌詩人自述

銀色快手，1973年生，臺北人，畢業於東吳大學日文系。布拉格文化總編輯，身兼詩人、專欄作家、日文譯者、文學評論家、絕版書商多重角色，現居桃園，經營荒野夢二書店，養了十隻貓。曾於時報出版、中時電子報、果庭室內設計、美商智威湯遜廣告公司任職，曾擔任過中華民國維基媒體協會的理事，2010年在臺北師大商圈經營過布拉格書店。

著有詩集《遇見帕多瓦的陽光》、《古事記：甜美憂傷與殘酷童話的七段航程》。長期致力日本文學與文化譯介，譯有吉本芭娜娜與河合隼雄對談集《原來如此的對話》、《武士道圖解》、《葉櫻與魔笛：太宰治怪談傑作選》、《地獄變：芥川龍之介怪談傑作選》等作品。

▌關於本詩

總在大自然流動的現象中尋找詩，尋找光和影描繪出的美麗人生。你在生活中找詩，你有時隨興之至，有時刻意而為，你在尋找一種語言，一種只有你才說得出來的語言，但你也說給路人聽，說給時間和貓，那是無法被任意置換的語言，有一種神祕的力量在裡面，很難用三言兩語去解釋，有時是靈魂內面的音樂，有時它只是清風流水，稍縱即逝。頻頻向讀者述說的，其實是對生命的一些感悟，一些微小但強韌的信念。為什麼選擇了詩？不採取別的形式？為什麼詩不能像日常語言那樣容易理解？其實是可以的，詩本來就取材自生活，我們要還原回去，讓生活在詩中乍現靈光！

隨倉央嘉措寫詩（1-4）

蕭蕭

月，亮著李白的光

山高的地方
就會有雲幻化光影
就會有月　亮著李白的光

我已經來到了山腳
為什麼你還在海藻間
游移、閒聊？

關於品質、嫵媚與愛的度數

不是去年，更非前生、前世
恍惚的昨日　應該午寐之時
太陽亮在雲外
你的心也無端堅持：
關於品質、嫵媚與愛的度數

青松左側習習的晚風

偶然遇到你和你的額頭
好像撿拾了一顆白色鵝卵石

因而又認識了舌 與舌尖
那軟絲
——青松左側或右上
　習習，習習的晚風

我的心神寸寸逼問自己

一隻失群的野雁
回到他熟悉的沼澤地
冰封的晶面照見孤寂
嘎的一聲叫
驚醒我的心神寸寸逼問自己：
你，你在哪裡？

《中華日報》副刊 2014年10月12日、30日

▌詩人自述

　　蕭蕭，本名蕭水順，臺灣彰化人，1947年生。輔大中文系畢業，臺灣師範大學國文研究所碩士，現為明道大學中文系講座教授、人文學院院長。2014年帶領明道團隊主辦多場《笠》詩刊創社五十周年慶祝活動、《創世紀》詩刊創社六十周年慶祝活動。著有詩集《雲水依依》、《草葉隨意書》、《凝神》等十多種。

▌關於本詩

　　倉央嘉措是藏傳佛教第六世達賴喇嘛，生平事蹟如謎，留有詩作約六十首左右，漢字譯文，文言白話都有，四行、十多行的形式兼具，甚至於訛傳的詩篇比起原作流傳更廣，因此，閱讀之後的想像空間極為開闊，藉其詩意，馳騁自我情思，可以在「茶禪一味」之外，另外開闢出「情悟雙和」的禪詩寫作天地，這是我2014年下半年肆意創作的系列作品，最初的四首。

射日塔

路寒袖

帶著果決將風一把撕開
那支箭不知飛了多久
飛過勇士的黑髮,變白了
以及直挺的背脊,佝僂了
飛過
急於找水的溪流
幻想翠意的草原

那支箭射進了神話
戳破自大的太陽
像一把慈悲的鑰匙
釋放憤怒暴燥的熔岩
變身溫柔浪漫的月亮

那支箭落了下來
牢牢的釘進山子頂的公園
成了一座巍峨透明之塔
雲豹乃最佳的守護神
因為,上天總從這裡
一線窺探大地的呼息

《自由時報》自由副刊 2014年10月29日

▌詩人自述

曾任報紙副刊編輯二十年、高雄市文化局長等。現任臺中市文化局長。

著有詩集《春天个花蕊》、《我的父親是火車司機》、《那些塵埃落下的地方》等，散文集《憂鬱三千公尺》、《歌聲戀情》，攝影詩文集《忘了，曾經去流浪》、《何時，愛戀到天涯》、《陪我，走過波麗路》、《走在，臺灣的路上》等。尚有各類歌曲共近八十首。

▌關於本詩

位於嘉義公園的射日塔，原址曾是平埔族的祭壇，日治時期則為嘉義神社，終戰後改為忠烈祠。忠烈祠於1994年不敵火神之威，全毀，因而有了今日62公尺高的射日塔。登臨塔頂，彷彿站在神話之上，為神話寫神話，又像射日之舉。

致世界最遙遠的黎明

林姿伶

聖地在此，我七歲，是趕不及追風箏的砲彈
聖地在此，我八歲，是戳破童年的雷管
聖地在此，我九歲，是鋼盔下很鐵的機關鎗
聖地在此，我十歲，是不斷增殖的手榴彈
聖地在此，我十一歲，很游擊，擅長演出煙火秀
與你們的煙火差別在於璀璨換成血肉橫飛而已
聖地在此，我十二歲，像汽車生產線一樣
剛完成製品，隨時可以發出去的人彈

烽火連三月，家書不抵一個麵包
家和書　是天方夜譚
擁有這兩樣，是要繳奢侈稅

聽！波斯腔的調曲朗朗誦唱
踩過煉獄的夜暗烽火
流著奶淌著蜜的天堂就更近了
腳一定要永遠站在仇恨這方
神呢？也穿著迷彩服與我們一起殺氣嘛？
我們是準備好伏擊的雨滴
與雷電一起交加就變形金剛了

聖地在此，我十三歲，躲掉了許多愛
友誼、父母、親人和青春之死
開著無法道愛的坦克，壓碎生命最後的道謝
也輾碎最後一句道歉
與道別

註：阿富汗塔利班組織曾訓練大約1500名兒童，每天16小時高強度訓練，包括
　　體能訓練和思想教導，想讓他們成為人肉炸彈。這些自殺人彈面容憔悴，年
　　齡均在13歲以下。塔利班一個兒童洗腦中心，塔利班將藝術繪畫中描述的美
　　好場景鼓吹成天堂，裡面有牛奶和蜂蜜河流，岸邊有處女排隊等候他們。塔
　　利班將這些天真少年變成冷血殺手，自願充當人彈，引爆自己襲擊塔利班指
　　定的目標。

《2014愛詩網徵文活動得獎作品集》 2014年11月

▋詩人自述

　　現任學校科任老師。

　　曾榮獲臺灣文學館新詩創作獎首獎、臺南文學獎現代詩優等獎、桃城
文學獎現代詩佳作獎、聯合報文學副刊一字詩優勝獎、e世代文學報新詩
優勝獎、聯合報文學現代詩優勝獎。作品散見各大詩刊與報章。

　　重要著作：《維納斯的誕生》、《鍾愛一生》、《生命之河》、《作
文好好玩》、《作文魔法書》。

▋關於本詩

　　此作旨在關注恐怖組織把兒童迫充成戰爭盾牌的不人道作為，對恐怖
訓練殘酷剝奪無辜稚嫩的生命，提出痛切的控訴。全詩刻繪這些孩童無法
擁有童年和溫暖的家、來不及說愛和長大的悲哀。最終則以四個「道」
字，一併道出戰爭與仇恨的荒謬。藉此，祈願引發世界人道組織關注馳
援，亦盼能喚醒政客良知中止戰爭，莫再塗炭生靈。

我不確定是否有戰爭在此刻發生

陳祐禎

戰爭在遠方可能是有的
彼方的異國，有僧侶正把汽油澆淋在身上
他們在日光之下痛苦行走成為
數十個普羅米修斯
讓汽油化為菩薩的淚水
讓護法神的憤怒如火焰吐信
他們在諸佛聖像前下跪祈求
讓業火燒盡
讓此地像過去那樣　聖潔純淨

也肯定有戰爭在昨日發生過的
在圖書館，在過往的世紀裡
一首詩裡就永恆地躺臥著一個死亡的美麗士兵
一本書中就有作者專注描述樹葉的空靈去逃躲死亡的迫擊
看，無數幽靈在那兒瞻望提醒：昨日，肯定有戰爭
然而，在世界各地，漂亮的公園排列著潔淨的墓碑
紀念博物館裡森羅著各種退役的兵器
還有更多特意保存的斷垣殘壁，在鄰近的擁擠砲臺
供魚貫而入的旅行者打卡合影

但我不確定是否有戰爭，在此刻

每一吋城市的土地，都被樓房佔據
他們説：「為了妝點天際線，我們還得驅逐更多的綠地。」
有工人在鐵軌上倒臥而列車仍試圖行駛
一群少年在立法院外露天睡眠
連續十數個夜，天空都下起了傾盆大雨，雨滴穿透了每個人的心
連續十數個失眠，我們在家中試圖躲進安穩而深沈的夢境
連續十數個隔天，領導者們都還在報紙上露出體面的微笑

我不確定是否有戰爭在此刻發生

《2014愛詩網徵文活動得獎作品集》 2014年11月

▌詩人自述

　　陳祐禎，寫詩的人，家鄉為彰化縣大村鄉。現任職於NPO團體，就讀
於臺灣師範大學國文研究所，畢業於清華大學。曾獲臺灣詩人流浪計畫、
林榮三文學獎、文化部好詩大家寫、新北市文學獎、葉紅女性詩獎等獎
項；2014年擔任《創世紀的創世紀》特約文學編輯。

▌關於本詩

　　這詩寫戰爭，所以我希望能將此詩連同音節拋向空中，祈願世界和
平。我也謹以此詩對前賢致上敬意：韓波、雷馬克，他們作品中的赤紅傷
洞，植在每個閱讀的人胸口，每當我們與這些文字相互遇見，那些在胸口
的什麼就會再悄然作痛。

半途

余光中

知了越譟越顯得寧靜
此生倒數，該是第幾個夏天
蟬聲再長，也只像尾聲了
與永恆拔河，還沒有輸定
向生命爭辯，也未必穩贏
敵人不缺，但朋友似乎更多
也更加熱烈。粉絲是夠多
夠鬧了，倒是不世的知音
輕易不出現。光陰的迴廊
一瞥可驚，有自己的背影
似遠又疑近，倒是遠古
三閭大夫，五柳先生，大小李杜
卻近得像要對我耳語
自由是從心所欲，不踰矩麼
聖人說到七十就為止
只為更遠他未曾親歷
而我到此八秩有七了
有一天醒來會驚對九旬
行百里者，果真，九十是半途
不必了吧，誰稀罕金氏紀錄
噓聲逆耳，掌聲卻未必
能搔到虛榮的癢處

幕前已經夠久了，何不
乘掌聲未斷就退入重幕
歷史在後臺才會卸妝
而如果此心淡定，或許
真能趕上梵谷的輪響
轆轆，渡吊橋而來
或許追隨坡公的杖聲
鏗鏗，叩木橋而去

《聯合報》副刊 2014年11月3日

▌詩人自述

　　余光中，1928年生於南京，就讀於南京大學、廈門大學，畢業於臺大
外文系與愛奧華大學，MFA。歷任師大、政大、中文大學教授，中山大學
文學院長；北京大學駐校詩人，澳門大學駐校作家。出版詩集、散文集、
批評集、翻譯逾五十種。在大陸出書逾三十種。現任中山大學榮休教授，
主持「余光中人文講座」。

▌關於本詩

　　此詩主題乃一位老作家反躬自省一生之成敗與傳後之可能。詩中提及
九位古人以自勵、自估；語氣自許兼有自嘲，對惡評不大在乎，對掌聲也
不太自滿：得失寸心知耳。橋乃現實與想像之通道：梵谷寄望於未來，蘇
軾處世以豁達。

擬楊牧〈瓶中稿〉詩二首

潘秉旻

【一】

這時日落的方向是西，在岸邊
我持續書寫一封未完的信
為遠方的你，就著浮動浪頭的碎光
這時潮浪依舊騰湧腳際
攜回些許破爛紙團。想必
應是我日夜丟棄的草稿
斷裂的符號，思念的字句
啊，我欲填平汪洋的字句
踩踏浮升的地脈，直向
日出的方向彼時為東

【二】

這時日落的方向是西
在山脈疊嶂的縱谷，文明的胎兒
倚著狹長搖籃沉睡
泡沫般的鼾聲，湧動暗洋
捕夢的密網。仍有些翻身的
濃厚鼻息，在煙囪飄浮游離
在末班向北的車廂汽笛噗噗
作響。蜿蜒綿長的鐵道

我伴隨列車輕輕搖晃，編織山海
縫紉深紅的姓娠紋

《中華日報》副刊 2014 年 11 月 6 日

▌ 詩人自述

　　1991 年生，臺中一中、臺灣師範大學國文系畢業，現就讀該校國文
所，正努力成為一名熱血的專業教師。喜愛籃球，寫詩，寫散文，但一直
是文學獎的絕緣體，曾為此感到沮喪。從沒想過作品會入選年度詩選，感
謝義芝老師，感謝一路上不斷予我鼓勵、打氣的師長朋友們。我會繼續探
索，繼續堅持地書寫。

▌ 關於本詩

　　忘了此詩書寫的動機為何，僅知曾投遞許多文學獎、報紙副刊與詩
刊，最後都回來沉睡在退稿匣裡。我相信詩作完成後，已脫離作者而成為
一獨立的個體。我仍舊是幼稚、不斷模仿他人的寫手，但對於自己的文字
卻充滿驕傲與感激。因為一首詩代替了創作者，流浪許多嚮往的地方。

每一戶人家的三合院

鍾喬

日照下，每一戶人家的三合院
都噤默在無聲的 汙染中

偶有摩托車緩慢穿過
在河堤邊，留下一個老農的身影
他已老去，然而他仍死守
死守這個孤寂的 村莊

濁水溪記錄下他的名姓
他的臉孔，朝向河床
隔岸三公里外。死亡
化作酸雨，化作種種不見天日的數據
悄悄然幽魂般穿梭，穿梭……
每一戶人家的三合院

這裡是哪裡？無人聞問的街道
偶有一班午後的公路局
空洞地駛近，小廟前
數著荒涼的乘客

這裡是哪裡？打開手機
遠方傳來加薩走廊的戰事

兒童的殘肢與鮮血
從來抵抗著侵略者的飛彈

然而，這裡又是哪裡？
一戶一戶垮掉的磚瓦與危牆
一名又一名，因癌症而過世的長者
無聲，已經變成他們唯一的 抵抗

《聯合報》副刊 2014年11月14日

▌ 詩人自述

　　鍾喬，1956年生，臺灣苗栗客籍人士，作家、詩人、戲劇編導及社區劇場資深策劃人及輔導人。1980年代，除在中時、自立等媒體任職記者、編輯之外，曾追隨陳映真先生於「人間雜誌」任職主編職位。

　　1990年，專事民眾劇場工作，相繼成立「差事劇團」及「財團法人跨界文教基金會」，直到現今。現任「差事劇團」團長與「財團法人跨界文教基金會」董事長。

▌ 關於本詩

　　臺西，一個備受六輕帶來的水、土地、海洋污染的濱海漁村。2014年，以「證言劇場」的工作方式，和在地居民展開文化行動，並寫下了這首詩。劇場一如詩的文化表現，帶來的是：詩人與農漁民的對話；更重要的，對於一個素樸但已備受「癌症村」脅迫村庄的證言。因此，這是以民眾為主體所書寫的詩行，希望喚醒人與土地的復甦。在資本與汙染以發展主義為名的當下，提出民眾的反思與反抗。

一起移動

湖南蟲

搭上列車，我們以不動的姿態
一起移動。在銀色金屬盒子裡
我們如彈珠靜置
核心有各色瑰麗顏料，鮮甜
但極樂時有毒，能滾出不同的光——
我們像冬眠的蛇不動
偶爾因為神的翻身而互相觸碰

第一節車廂有卡通彩繪
藍天破了一個洞，裝置緊急求救鈴
白雲灰了，像等一下就要下雨
大樹從塑料椅背後長出來
兩個女學生，就靠著平面的樹討論學長
剛剛剪壞的髮：「好醜、好醜，
可是我們仍然愛他。」女學生頭上
有一對比例失真的蝴蝶在飛
蝴蝶背對的方向
一個男學生不讓另一個男學生下車
車轉彎，所有人一起傾斜了身子

除了某些文字畫開心事、
袒露出血滴，第五節車廂看不到一切

不真實的事物：電磁波、輻射塵、
某些災區裡瞬間死去上百人，開出的大花……
接受讓位的孕婦抱著肚子
觀察角落那個女人輕聲提醒孩子
車上不可以吃糖，孩子的苦表情讓她想起童年
最快樂的一天。還有另一個老人
她看不到他的少年遊
只看到臉上有斑像髒掉的雪
遲遲不化掉，也像坐她對面的瘦男子神色破碎
她看不到他口袋裡收著殺意

一起移動，不管你想著
等會兒要去買治療熱病的藥
還是米，堅硬的內裡，有流動的水的記憶、
土地的記憶。冷風在車廂裡竄
像神熟睡的呼吸。神的夢裡
我們每次分離都慎重完成道別，每一次
見面都記得好好親吻
神知道我們都沒有機會再見面

我們彷彿預言世界的星圖，一起移動
但不知何時會有人掉落
敲醒神，打翻列車
完成意外的潑墨。我們抬頭
看見角落有監視器如月
提醒我們適時犯罪——
認真撫摸彼此粗糙的地方
琢磨心地，做為最後的辨識

《自由時報》自由副刊 2014年11月18日

▌ 詩人自述

　　湖南蟲，本名李振豪，1981年生，臺北人。淡水商工資處科、樹德科技大學企管系畢業。曾獲林榮三文學獎、聯合報文學獎、時報文學獎等。作品曾入選《97年度散文選》、《生活的證據：國民新詩讀本》等。經營有個人新聞臺「頹廢的下午」。著有散文集《昨天是世界末日》（聯合文學）、詩集《一起移動》（逗點文創結社）。

▌ 關於本詩

　　起初，只是想為鄭捷事件，為許多時候彷彿玩笑的「說完再見，真的還能再見面嗎？」之類顯示人生無常的問句，寫點什麼，愈寫愈感到誰的愛與恨與錯，都和其他人連坐，而因果是地鐵路網般錯綜複雜的算計，且經常誤點、失算。既然神的慈悲難懂，那麼有無可能，在一起移動的路上，讓我們試著了解彼此，做一個神會夢見的好人？

迷路，在愛丁堡

洪淑苓

古城的道路沿著山坡向上
我們在晚風裡走了一回
北國的暮色來得這麼慢這麼晚
我們都忘了彩霞
已經遍布西天
流浪漢打開舊報紙破毯子
在廊下在路邊佔好地盤
穿蘇格蘭裙的風笛手
神祕地消失了

我們在王子街公園漫遊
剛才繞過高街和北橋路
而現在又回到王子街徘徊
看　人潮往來
提著行李的要去旅館報到
揹著背包的
想必還要看看這古堡的夜色

嘈雜的夜，熱鬧的街頭
我們並肩站著
哪裡是今晚的住所
　（這是我們第一次沒有預定旅館的旅行）

你握著我的手
更緊的握著
我的心裡是害怕的
（你呢　你怕不怕）
我也緊緊握著你的手

那時的我想著
戰亂也好
流浪也好
出走也好
就算是小小的
迷路也好
反正，我們就這麼握著
不要被人群衝散
不要，不要輕易地
鬆開握著的手

如今，回想起那個異國的黃昏
我還是這麼想著
迷路也罷
出走也罷
流浪也罷
戰亂也罷——
直到那生與死的界線
我們都要緊緊握著
你的手
我的手

——追記1997年7月，英國愛丁堡之旅

▎詩人自述

　　洪淑苓，現任臺灣大學臺文所暨中文系合聘教授，開設現代詩選、現代詩學專題等課程，著有詩集《合婚》、《預約的幸福》、《洪淑苓短詩選（中英對照）》；散文集《深情記事》、《傅鐘下的歌唱》、《扛一棵樹回家》、《誰寵我，像十七歲的女生》；專書《現代詩新版圖》、《思想的裙角——臺灣現代女詩人的自我銘刻與時空書寫》等。

▎關於本詩

　　1997年7月，彼時我倆尚年輕，帶兩名幼齡兒女至英國尋訪友人。友人善意幫看孩子，讓我倆得以攜手前往愛丁堡。孰料高地風光秀異，終因貪看美景而迷失路途，且遍尋不著下榻之處。是夜，兩人並立街頭，遂有患難天涯之感。此事掛心甚久，然無從下筆，又幾度廢稿，2014/8/23終於完成而後投稿發表。

周公夢蝶笑著給她說著

管管

一間小屋在山腰裡站著
一條山路在小屋前走著
一隻母雞在橘樹上叫著
一個婦人去雞窩裡檢著、
一個男人手拿菸走出來抽著
日頭在山頂上慢慢滾著
白雲在日頭邊慢慢飛著
周公夢蝶笑著給她說著

《創世紀》詩刊181期 2014年12月

▋ 詩人自述

　　管管，青島出生，臺灣長大。軍校時期開始寫詩、散文，亦有繪畫創作。曾任出版社總編、電臺節目主任、演員、藝術家。得過兩個現代詩首獎，戲劇、電影演出三十三部，出版詩集六本、散文五本，愛荷華國際寫作者計畫工作坊作家。

▋ 關於本詩

　　夢公與我形同手足，寫詩給他，聊表寸心而已。

旅行時帶回來的一朵雲

羅任玲

旅行時帶回來的一朵雲
長大了，就住在大廈後方

夜深返家的人們
總以為掉進了霧裡

白天她總是出遊
從不告訴我，去了哪

有時也帶回相似的遊伴
說我聽不懂的話

互相從袋子裡，倒出幾粒星星
大廈因而整晚不必點燈

有時她一出門
就是一個月半個月
大廈住戶都說：最近天氣變好了

但有一次，她實在去得太久
雲是不寫信的，她不明白人世

不知道時間的樣子
而我甚至不知道，她到底幾歲

那些與她無關的念力
深深的噩夢

直到有一天，我終於忘了
曾經擁有一朵雲這件事

在生命最深的底部
沒有人知道的一朵雲
即使徹底消失了，也無所謂

有一天，一個小女孩終於
按錯了我家門鈴

我打開門
她手上一朵棉花糖
柔軟　芳香　無辜

那眼神如此熟悉，我知道
風曾輕拂過她的臉頰

變成雨，露
映照一千萬個她自己

落下來
終於

打出一個粉紅色結尾

睡著了

那麼小
而且安安靜靜
一張單程票

不曾遺憾
沒有地址

像鬆開記憶的
門與微風

像所有悲傷的故事
終於夢見了
美麗的結局

《聯合報》副刊 2014年12月3日

▌詩人自述

羅任玲，臺灣師範大學文學碩士。著有詩集《密碼》、《逆光飛行》，散文集《光之留顏》，評論集《臺灣現代詩自然美學》，以及詩·攝影集《一整座海洋的靜寂》。

▌關於本詩

關於時空，生死，詩或者童話……種種幻術，一朵雲所能說的，不能更多了。

邱比特與賽姬

張錯

「愛對過失經常盲目
經常傾向歡愉喜樂
無法無天，天馬行空，不受拘束
打破每個心靈所有枷鎖。」
　　　　莎士比亞

「Love to faults is always blind,
Always is to joy inclined.
Lawless, winged, and unconfined,
And breaks all chains from every mind.」
　　　William Shakespeare

知你看見，因用心看，
接受了你，因感到愛，
不知是誰，我羞怯，躲閃，低頭，最後張開
雙手在黑暗迎接你，你是誰? 知道也不知道
竟就愛上了，用心去看麼?
閉上眼睛後，一生期待的：
虛空的沈澱？
滿溢的喜悅？
天使的降臨？

無人知悉，每次來了就走了
我來了也走了，仲夏夜，通體發燙，語無倫次
只記得蓬亂鬢髮，修長身軀，手指輕柔，翅膀
一陣搧動，宙斯猛撲麗達的節奏？
我害怕，要看個仔細，管它是靈是欲？
一盞油燈，我看到愛的殘酷、自私、幼稚
原來是個長不大的小孩，施捨愛而不懂愛
亦無百步穿楊之技，只是一場盲目遊戲
手中金箭快意亂射，我心中一寒，手一顫抖
油滴身上，你醒來，離去，一去不回
沒有不捨或回顧。

真相大白，還是不明白
愛要隱瞞與暗別？
可以盲目，但要信任？
信有就有，信無就無？
那是眾神禁忌的遊戲？
得逞後不可隨意攢疑？
神話的神話，愛似膠漆，棄如敝屣
隨時變色翻臉，轉身離去；
那孩子傳承自母愛，愛中有恨，恨中無愛
嫉妒專橫，蠻不講理。

註：希臘羅馬神話，邱比特是個盲目射出愛箭的孩童，母親為愛神維納斯。賽姬
　　（Pysche）是邱比特愛人。

《聯合報》副刊 2014年12月12日

▌詩人自述

張錯，美國南加州大學東亞系及比較文學系教授，臺北醫學大學人文藝術講座教授。近著有《中國風——貿易風動・千帆東來》（藝術家，臺北，2014）。

▌關於本詩

見詩附註，至於賽姬、邱比特與他母親愛神維納斯三人互動詳情，請參閱希臘羅馬神話。

原以為在性愛中我們會是獸

陳克華

原以為我們都屬毛髮濃密的
起碼,在做愛的時候
我們會是野獸一般的

但你激動如絲綢的身軀
大幅的滾躺在展示桌上
捲開著的橫幅風景
閃著神聖的光

我以為
我會是愛上獸一般的
但我們就裸著走入了風景
有光的風景裡同時瞇起了眼睛
以為看見了
有什麼是獸看不見的

《自由時報》自由副刊 2014年12月14日

▍詩人自述

　　陳克華，1961年生於臺灣省花蓮市。曾獲得第一屆陽光詩獎、中國新詩協會《八十九年度傑出詩人獎》、臺北文學獎、第三屆文薈獎報導文學獎、文建會臺灣文學獎散文評審獎、教育部文藝創作獎、金鼎獎最佳歌詞、最佳專輯等獎項，並多次獲得中國時報文學獎、聯合報文學獎。

▍關於本詩

　　留白。

夜讀海戰史

汪啟疆

所有燈、看不清楚
舷窗用遮光罩遮住了
部分，窗外夜的部分

星光被遮住的部分
逐漸找到了我的手
我的腳，手腳所該擱放的位置
翻撥身軀探找那被大海藏起
的鑰匙……開啟歷史記事

歷史只帶頭顱
身體卻未能回來
也怕身體回家
頭顱還淹在血裡
不在乎生死，燈被遮擋
夜銹蝕了，使力也推不開

《聯合報》副刊 2014年12月19日

▌詩人自述

　　海軍軍官退伍，近年由於生活化的體認，以及人寰效應之瞭解，非常專注於監獄少年、姊妹及極刑朋友們生命教育與宗教的事工。此外大量閱讀與漫畫享受，則是品味閒暇的樂趣。2015想出詩集之季節。

▌關於本詩

　　太平洋海戰及海軍經歷，一直是個人閱讀旨趣；夜深有海潮在樓階而上，故事與心跳有生活的感受，詩就出現，我祇是拓印而已。

等一個夢

渡也

少年時
有一段好長好長好長的歲月裡我都在等
和一枝瘦弱的筆一起
在民雄鄉中樂村
在嘉義市老吸街
等一個夢

過了幾個很冷的冬天
夢終於來了
夢在夜裡來我夢裡
說：
　辛苦了
　還要……等

少年時
我幾乎每天都在稿紙上
都在書裡
我的生命很少睡覺
我看的書醒著
稿紙醒著
筆，總是睜著眼睛尋找

什麼

一九七七年八月
我的第一本書出生
夢又來找我
我看到
夢流下淚來

我對它說：
　辛苦了
　還要……等

《中國時報》人間副刊 2014年12月25日

▌詩人自述

　　渡也，中國文學博士，彰化師大榮退教授，中興大學中文研究所兼任教授。出版十八本詩集，包括最近出版的《諸羅記》。近幾年，以散文、詩、相機不斷地記錄臺灣，記錄嘉義、澎湖、苗栗等縣市。

▌關於本詩

　　從初中至大學，我在我所居住的民雄鄉、嘉義市，幾乎天天都猛讀文學書籍，埋首筆耕，在書籍、稿紙無邊的阡陌中，孤獨地前進。一直擁有一個夢，一直在等一個夢：出版文學書、當作家。

　　剛塗鴉的頭幾年，寫了一大堆不成熟的作品，心裡著實懊惱，但仍硬著頭皮繼續寫作，真的是焚膏繼晷，九死不悔！

　　民國六十六年，我的第一本書《歷山手記》由詩人楊牧推薦給洪範書局出版，讓我相當振奮。然而不久又陷入不安之中——啊，還有更遙遠的路要走。再出發吧！再出發吧！

江湖

莊子軒

夏天
江水都枯竭
我仍有淚
眼睛遞給鼻翼
鼻翼遞給掌心
從頭滴滴灑下
緩緩化成
岸邊
一尊泥菩薩

慢慢坐化
眼睛超渡了
鼻樑

沒一句唸誦
塌陷的臉
解放了嘴巴

仍有淚
是一滴最純淨的
江湖
為河床魚骨

覆上薄薄濕土

▌詩人自述

世新大學中國文學系畢業
就讀國立臺北教育大學語文創作學系碩士班
曾獲第四屆「全國臺灣文學營創作獎」
2006第三屆臺積電青年學生文學獎
首獎、2007第四屆臺積電青年學生文學獎
優勝。

作品散見聯合副刊、人間副刊
曾參與2009臺北國際詩歌節朗誦。

▌關於本詩

　　營造飽滿的宗教情境，又不流於表層符號的撥弄，是我長久努力的目標。這首詩經多次刪改，刻意裁去許多敘事枝節，留下泥菩薩的意象，暗示「肉身／土壤」二者間的生命循環，捕捉生死兩面的悖論情境。

歷屆年度詩獎得主一覽

- ◆ 1992　瓦歷斯・諾幹
- ◆ 1993　零雨
- ◆ 1994　許悔之
- ◆ 1995　汪啟疆
- ◆ 1996　蘇紹連、侯吉諒
- ◆ 1997　大荒、詹澈
- ◆ 1998　唐捐
- ◆ 1999　杜十三、紀小樣
- ◆ 2000　隱地、李元貞
- ◆ 2001　洛夫、宋澤萊
- ◆ 2002　周夢蝶、路寒袖

◆ 2003　米羅卡索（蘇紹連）

◆ 2004　陳育虹

◆ 2005　南方朔

◆ 2006　李進文

◆ 2007　商禽

◆ 2008　張默、鴻鴻

◆ 2009　陳克華

◆ 2010　陳黎

◆ 2011　楊牧

◆ 2012　鯨向海

◆ 2013　席慕蓉

◆ 2014　林婉瑜

二魚文化　文學花園　C125

2014 臺灣詩選 The Best Taiwanese Poetry, 2014

主　　編　陳義芝
特約編輯　曾琮琇
責任編輯　林家鵬
美術設計　費得貞
繪圖題字　李蕭錕
行銷企劃　溫若涵
讀者服務　詹淑真

出 版 者　二魚文化事業有限公司
發 行 人　葉　珊
　　　　　地址　106 臺北市大安區和平東路一段 121 號 3 樓之 2
　　　　　網址　www.2-fishes.com
　　　　　電話　(02)23515288
　　　　　傳真　(02)23518061
　　　　　郵政劃撥帳號　19625599
　　　　　劃撥戶名　二魚文化事業有限公司
法律顧問　林鈺雄律師事務所

總 經 銷　大和書報圖書股份有限公司
　　　　　電話　(02)89902588
　　　　　傳真　(02)22901658

製版印刷　彩達印刷有限公司
初版一刷　二〇一五年三月
I S B N　978-986-5813-50-5
定　　價　三〇〇元

國家圖書館出版品預行編目 (CIP) 資料

臺灣詩選 . 2014 / 陳義芝主編 . -- 初版 .
-- 臺北市：二魚文化，2015.03 256 面；
14.8X21 公分 . -- (文學花園；C125)
ISBN 978-986-5813-50-5 (平裝)

831.86　　　　　　　　　　104002691

贊助單位／臺北市政府文化局

二魚文化　讀者回函卡

讀者服務專線：（02）23515288

感謝您購買此書，為了更貼近讀者的需求，出版您想閱讀的書籍，請撥冗填寫回函卡，二魚將不定時提供您最新出版訊息、優惠活動通知。
若有寶貴的建議，也歡迎您 e-mail 至 2fishes@2-fishes.com，我們會更加努力，謝謝！

姓名：_____ 性別：□男　□女　職業：_____

出生日期：西元 _____ 年 ___ 月 ___ 日 E-mail：_____

地址：□□□□□ _____ 縣市 _____ 鄉鎮市區 _____ 路街 _____ 段
_____ 巷 _____ 弄 _____ 號 _____ 樓

電話：（市內）_____ （手機）_____

1. 您從哪裡得知本書的訊息？
□逛書店時
□逛便利商店時
□上量販店時
□朋友強力推薦
□網路書店（站名：_____）

□看報紙（報名：_____）
□聽廣播（電臺：_____）
□看電視（節目：_____）
□其他地方，是_____

2. 您在哪裡買到這本書？
□書店，哪一家_____
□量販店，哪一家_____
□便利商店，哪一家_____

□網路書店，哪一家_____
□其他_____

3. 您買這本書時，有沒有折扣或是減價？
□有，折扣或是買的價格是_____
□沒有

4. 這本書哪些地方吸引您？（可複選）
□內容剛好是您需要的
□價格便宜
□是您喜歡的作者

□封面設計很漂亮
□內頁排版閱讀舒適
□您是二魚的忠實讀者

5. 哪些主題是您感興趣的？（可複選）
□新詩 □散文 □小説 □商業理財 □藝術設計 □人文史地 □社會科學
□自然科普 □醫療保健 □心靈勵志 □飲食 □生活風格 □旅遊 □宗教命理 □親子教養
□其他主題，如：_____

6. 對於本書，您希望哪些地方再加強？或其他寶貴意見？

_____

_____

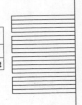

廣告回信
台北郵局登記證
台北廣字第02430號
免貼郵票

106 臺北市大安區和平東路一段 121 號 3 樓之 2

文學花園系列

C125　2014 臺灣詩選

●姓名

●地址

請沿線剪下後，對折以膠帶黏貼，免貼郵票，直接投入郵筒寄回！

一魚文化